Como agarrar um marido

Versão gay

Dados Internacionais de Catalogação na Publicação (CIP)
(Câmara Brasileira do Livro, SP, Brasil)

Price, Patrick
Como agarrar um marido : versão gay / Patrick Price ; [tradução Antonio Sampaio Dória]. – São Paulo : Summus, 2001.

Título original: Husband hunting made easy.
ISBN 85-86755-26-5

1. Casais homossexuais masculinos 2. Encontros (Costumes sociais) 3. Homens gays 4. Homens gays – Humor 5. Homossexualidade masculina I. Título

---

00-5087 CDD-818.502

Índices para catálogo sistemático:

1. Humor : Século 20 : Literatura norte-americana
   818.502
2. Século 20 : Humor : Literatura norte-americana
   818.502

Compre em lugar de fotocopiar.
Cada real que você dá por um livro recompensa seus autores
e os convida a produzir mais sobre o tema;
incentiva seus editores a traduzir, encomendar e publicar
outras obras sobre o assunto;
e paga aos livreiros por estocar e levar até você livros
para a sua informação e entretenimento.
Cada real que você dá pela fotocópia não-autorizada de um livro
financia um crime
e ajuda a matar a produção intelectual.

Como agarrar um marido

Versão gay

PATRICK PRICE

ilustrações de
MARCIO BARALDI

Do original em língua inglesa *Husband hunting made easy*
Copyright © 1998 by Patrick Price
Publicado por acordo com a St. Martin's Griffin.
Direitos para a língua portuguesa adquiridos por
Summus Editorial, que se reserva a propriedade desta tradução.

Projeto gráfico e capa: **Brasil Verde**
Editoração eletrônica: **Acqua Estúdio Gráfico**
Tradução: **Antonio Sampaio Dória**
Editora responsável: **Laura Bacellar**

Edições GLS
Rua Itapicuru, 613 cj. 72
05006-000 São Paulo SP
Fone (11) 3862-3530
e-mail: gls@edgls.com.br
http//www.edgls.com.br

Atendimento ao consumidor:
Summus Editorial
Fone (11) 3872-3322 e 3862-3530

Distribuição:
Fone (11) 3873-8638
Fax (11) 3873-7085

Impresso no Brasil

Para Joel, que faz tudo
valer a pena.

E para minha mãe e meu pai,
que, com três filhos homens, nunca
imaginaram um futuro genro.

Todos nós crescemos.

SUMÁRIO

Nota do tradutor _____ 9

Agradecimentos _____ 11

Introdução _____ 13

Parte I – Você quer aquele homem?

1. Sim, aceito _____ 17

2. Homens a evitar como uma praga _____ 21

3. Maneiras duvidosas de encontrar um marido _____ 35

4. Imagine seu homem ideal _____ 46

Parte II – Olhe-se no espelho

5. Aparência _____ 53

6. Bons modos _____ 63

7. Lar, doce lar _____ 73

Parte III – Fazendo a corte

8. Pesquisa de campo 83
9. O primeiro contato 94
10. O primeiro encontro 100
11. Regras básicas do namoro 112
12. Fazendo um balanço 131

Parte IV – Como mantê-lo em casa

13. Regras básicas para um bom relacionamento 141
14. Mantenha a saúde do casal 164
15. Felizes para sempre 174

Sobre o autor 181

NOTA DO TRADUTOR

Antes que atirem a primeira pedra ou apontem o dedo inquisidor, deixe-me explicar. Eu estava em uma livraria em Nova Iorque (o dólar ainda estava barato), e um livro me chamou a atenção – a capa, quero dizer. Mas não o comprei. Mais tarde, um outro exemplar me cairia nas mãos, por puro capricho do destino – ou por razões mais transcendentais, para os que acreditam. Voltei com minha amiga Carla F. depois de uma noite agitada para seu estúdio e, enquanto desenrolava um colchonete, ela deitou na cama e começou a rir. Não dei importância ao fato, mas a insistência das risadas me fez perguntar o que estava acontecendo. Ela me mostrou um livro. Eu sabia, é claro, que um livro não poderia ser tão engraçado às quatro da manhã, e perguntei o que ela havia tomado. Afinal, ela estava tão bem-humorada que só um alucinógeno poderia produzir esse efeito. Carla disse que não tinha tomado nada, mas como a conheço muito bem não acreditei. Dormi.

Só na manhã seguinte dei uma espiada no livro, por sugestão dela, e percebi que era o mesmo que tinha visto na livraria. E não é que era realmente engraçado? Bem, é claro que estou falando de *Husband hunting made easy*, ou *Como agarrar um marido – versão gay*. A graça não estava tanto nas tiradas bem-humoradas, mas na própria maneira do autor de descrever tipos humanos e situações aparentemente banais, cujo significado parece nos escapar no primeiro momento. Então eu também tinha feito coisas que, só agora, me pareciam absurdamente ridículas? É claro que não consegui largar o livro. Pode parecer exagero, mas o humor cortante e quase cruel do autor consegue levar tanto a risadas envergonhadas como a verdadeiras reflexões!

Bem, só posso sugerir que o leitor tire a prova. E quanto a todas as referências brasileiras desta tradução, devo assumir a responsabilidade por elas – e agradecer à Laura Bacellar, que "comprou" a idéia e desde o princípio julgou ser esse o melhor caminho para esta versão. É evidente que, sem uma transposição para a nossa realidade, 50% da graça teria se perdido. O livro se abrasileirou, mas espero que por isso mesmo esteja mais próximo dos 100% originais.

Devo, portanto, agradecimentos à Carla F., sem a qual nada teria acontecido, e também ao grande professor Alberto V., que me deu sugestões valiosas (e engraçadas) para a redação do texto final. É verdade que seus cachorros quase devoraram parte da tradução, mas felizmente a tragédia foi evitada a tempo.

Antonio Sampaio Dória

AGRADECIMENTOS

Para um livro tão pequeno como este, devo, por sua criação, agradecimentos especiais a um número bem grande de pessoas.

Keith Kahla, meu editor, cujas tiradas precisas e senso de humor cruel o transformaram em uma fonte inestimável, e na pessoa ideal com quem conspirar.

Ellen Geiger, minha maravilhosa agente, que felizmente sempre entendeu minhas idéias.

Eric Orner, por ter me dado a honra de colaborar comigo.

Craig Burke, com quem estarei sempre em débito pelo inspirador empurrão inicial.

Martin Pearce, amigo querido e artista, com quem tive o privilégio de me encontrar mais vezes.

Joel Weiden, que me deu estímulo ou o espaço e a tranqüilidade quando necessários.

Peter Borland, por ter generosamente me colocado no caminho certo.

Michael Storrings, o diretor de arte, que deu vida e cor à minha imaginação.

Ranse Ransone, o melhor amigo e uma fonte de inspiração (especialmente para as regras básicas dos relacionamentos).

Ken Salby e Ed Kuester, amigos generosos e modelos promissores.

Richard Brooks, pela amizade e sua habilidade com as palavras de duplo sentido.

Rachel Tarlow Gul, Andrea Schulz, Margaret Sanborn e Shena Patel, pela paciência com minhas constantes modificações.

Kim Hovey e Beverly Robinson, por seu entusiasmo e flexibilidade.

Também sou grato a Mikel Wadewitz, Robert Cloud e Jean-Pierre Bonin por seus bem-vindos conhecimentos. E também a todos os modelos adicionais – Joshua Mann, Steven Anderson, Gregg Verbin, Jason Imfeld, Mark Herdman, Christian Powers, Gregory Lombardi, Eric Becker, Peter Kennett, Jonathan Kilburn, John Packowski: suas personalidades sem dúvida valorizam o livro.

INTRODUÇÃO

Todos nós já ouvimos a brincadeira: "O que os gays fazem no segundo encontro?"
Resposta rápida: "*Qual* segundo encontro?"
Rimos porque reconhecemos alguma verdade na piada.
Aponte qualquer grupo de gays, e vou lhes mostrar um punhado de caras legais e *solteiros*. Sim, alguns podem apreciar a liberdade inerente a essa condição, mas certamente não serão contra a idéia de conhecer uma pessoa nova. Ou mesmo namorar um pouco. E, se você perguntar, vai descobrir que a maioria desses auto-proclamados solteirões deseja um marido carinhoso (e rico).
Então, qual é o problema?
Seja qual for a razão, mesmo o cara mais inteligente faz escolhas errôneas e pouco inspiradas quando se trata de amor. Nós nos sabotamos todas as vezes, sempre selecionando o Senhor Errado no meio da multidão. É a natureza humana? Somos nós? Ou é simplesmente falta de informação e aconselhamento adequado?
Como você pode saber se o instrutor gatíssimo da academia é um marido em potencial ou apenas um pouco de *spandex* inflado sem nada por dentro? Por que você transformou em *hobby* o ato de anotar números de telefone? E por que só os psicopatas ligam de volta? Sexo no primeiro encontro transmite a mensagem errada? Ou dois caras excitados podem descobrir o amor debaixo dos lençóis?
A vida é cheia de pegadinhas, certo?
O romance que depois de certos percalços acaba sempre em casamento pode ser uma regra geral nas novelas, mas para os gays

elas não funcionam. Os objetivos são os mesmos, mas os métodos são diferentes. E se você banca o difícil, vai continuar sendo difícil que tenha uma relação duradoura. "Nunca ligue para ele da primeira vez. Deixe que ele tome a iniciativa." Bem, se você anda lendo a revista *Nova* em busca de conselho, devo dizer que talvez não esteja procurando no lugar certo.

É por isso que nós precisamos de *Como agarrar um marido – versão gay*. Que este livro se transforme em guia – a voz interior que até a sua mãe aprovaria – e que faça você enfrentar o mercado com outra atitude. *Como agarrar um marido* está aqui para ajudá-lo a atingir a sua melhor forma, encontrar o Homem Ideal e torná-lo seu para sempre. Essas linhas vão orientá-lo da preparação inicial às paqueras promissoras; do primeiro e decisivo encontro aos inevitáveis segundo, terceiro, até que o seu sonho se realize.

Tenho certeza de que alguns já estão dizendo: "Não tenho dificuldade em conhecer pessoas." Mas companhia para uma noite é fácil (se você tem sorte); achar o homem com quem você vai escolher o aparelho de jantar já são outros quinhentos. Mas eu não tenho pudores. Se tudo o que você quer é tirar o atraso e sair por aí, e se faz sexo seguro sem ferir ninguém, não perca tempo. Mas lembre-se, não é assim que a gente encontra um marido.

Você merece mais. Sabe disso. E certamente não gostaria de ficar para titia. Tudo o que tem a fazer é seguir os passos de *Como agarrar um marido – versão gay* – eles foram testados ao longo do tempo e são a mais pura verdade. E lembre-se de me mandar um convite para as suas bodas.

Parte I

VOCÊ QUER AQUELE HOMEM?

1

Sim, aceito

Hoje em dia, quando ligamos a tv ou lemos um jornal, temos a impressão de que casamentos gays estão em toda parte. O público em geral – ou melhor, a mídia – sempre gosta de um novo escândalo, e a visão de dois homens de fraque no altar é aparentemente um dos últimos tabus da nossa sociedade. As reações preconceituosas dão a entender que todo homem ou mulher homossexual quer agarrar seu parceiro e correr até a Tok Stok para comprar a mobília e o enxoval, trazendo assim o caos à Terra ou desgraças que só Nostradamus teria previsto. Na verdade, isso com certeza movimentaria nossa economia, devido ao grande número de lençóis de linho, louças importadas e objetos de arte que seriam vendidos. Mas antes de começar a debater o politicamente correto ou a possibilidade de sobrenomes compostos, quero lembrar que, enquanto alguns procuram o reconhecimento oficial do casamento, outros simplesmente desejam o que todos os seres humanos merecem – alguém para amar e que por sua vez também o ame de volta. E ninguém pode dizer que essa idéia seja revolucionária.

O que é um marido?
(E por que você quer um?)

Em primeiro lugar, um marido *não é* um namorado. Considere um namorado algo como uma lagarta que pode se metamorfosear em marido. Mas, como acontece com aquelas experiências que a gente faz no colégio, você nunca sabe de que forma as coisas vão evoluir. (Assim, mesmo que seu belo não desabroche como o homem ideal, você vai aprender lições importantes e ficará mais sintonizado com o que realmente quer.) Claro que é difícil definir um marido, mas quando você encontrar um você saberá. Vai começar a usar os verbos no futuro e de uma forma muito sincera. As liquidações de artigos de cama, mesa e banho vão se tornar o seu objeto de desejo.

Quando pensamos em "marido", nossas cabeças se enchem daquelas imagens de casais perfeitos e amorosos, brincando no parque com seu alegre cachorrinho ou dividindo um café da manhã na cama. Embora esse seja um ideal (e a realidade de alguns garotos sortudos), a vida não é tão simples nem tão cor-de-rosa. O que estamos procurando? E como saber se o cara certo de hoje tem potencial para se tornar o Homem Ideal?

Aqui vai um tira-teima rápido. Lembre-se de um dia horrível da sua adolescência ou juventude (é cruel, eu sei) em que pensou ser a única pessoa gay da face da Terra – mesmo que você só tenha tido esse pensamento nos momentos em que foi obrigado a agüentar a tortura de uma reunião de família com primos distantes ou um baile de formatura (a Anistia Internacional deveria realmente se preocupar com essas coisas). Procure voltar à sua fantasia do homem que viria libertá-lo. Estou falando do sonho secreto e esperançoso que conseguia dissipar o horror de parentes tagarelando à sua volta com hálito de enxofre ou daquela garota de aparelho que repousava os bracinhos em volta do seu ombro. Você sabe do que eu estou falando – a típica saída gay. É importante revivê-la porque ele está com você – o marido – se você olhar bem. De fato, ele é essencial para aquela vida que você imagina existir fora daquele horror. Tanto faz se vocês estão enlaçados diante da lareira, ou conquistando o mundo lá fora (os dois juntos estão o máximo, é preciso dizer), ele está lá do seu lado, e parece a coisa mais natural que você pode imaginar.

É apenas um sonho? Que diabo, não!

Só dá um pouco de trabalho.

Há uma grande diferença entre procurar marido e simplesmente manter uma série de relações monogâmicas. No segundo

---

Cinco grandes razões para se ter um marido

1. Amor incondicional e segurança.
2. Companheirismo.
3. Duplica seu armário e a coleção de cds.
4. Boa desculpa para ficar em casa em certas noites ou sair de festas mais cedo.
5. Ele vai dizer se suas roupas não estiverem combinando.

---

caso, a pessoa pode ser fiel sexualmente, mas sempre está de olho aberto para outras possibilidades. Todo mundo precisa fazer isso, por um tempo, porque o amor geralmente exige algumas experiências até dar certo. Como poucos de nós tiveram o privilégio de sair com namorados no tempo da escola ou da faculdade, a maioria tem uma experiência ainda em formação quando se trata de relacionamentos. "Mas eu estou pronto", você diz. "Já tive diversas relações – tanto boas como as que prefiro esquecer – mas agora quero algo mais, algo duradouro." E pode ter certeza de que você não é o único.

Você está pronto para a felicidade eterna?

Check-list:

1. Você tem um emprego estável? (Ninguém deveria sustentá-lo.)
2. Tem um lugar que pode chamar de lar? (Você quer um companheiro, não um teto.)
3. Não é completamente pirado? (Se você tem amigos, aceito sua palavra.)

Se disse honestamente *sim* a cada um desses pré-requisitos básicos, você tem, então, potencial para se tornar um marido. É mesmo simples assim.

O mesmo tamanho serve para todos?

Para cada babaca que você encontra por aí (e há muitos), existe um príncipe como você apenas esperando ser descoberto. O truque é verificar quem é quem, o que, reconhecidamente, muitas vezes não é fácil. Sem contar que, para tornar ainda as coisas mais difíceis, às vezes fazemos a escolha errada ofuscados pela beleza (ainda que na mesma hora seus sinais de alerta disparem) ou quando recebemos a atenção especial de alguém (esse é o preço por ter permanecido alienado durante tanto tempo). O rosto bonito pode ser só uma casca vazia. Enquanto isso, outros, desconsiderados por serem baixinhos, carecas ou (acredite ou não) perfeitos demais, podem de fato ser o tesouro escondido. Como também podem ser um pesadelo baixinho, careca ou perfeito. Caçar marido é um terreno cheio de possibilidades – mas um terreno minado. Tenha em mente que há uma variedade muito grande de caras por aí, e o que pode ser perfeito para seu melhor amigo pode ser incompatível com você.

Para encaminhá-lo na direção certa (ou pelo menos longe de previsíveis desastres), ofereço uma lista de homens que devem ser evitados emocionalmente. Podem não ser cretinos fundamentais, mas por que não começar em terreno mais seguro? Você estará em posição privilegiada para a largada se desviar de acidentes previsíveis. Lembre-se, você quer um homem, não um melodrama fazendo parte da sua vida.

2
Homens a evitar como uma praga

Não se conforme com "Alice"

Quando você se apaixona por uma "Alice", digamos que não o olha diretamente nos olhos. De fato, seu olhar está centrado um pouco abaixo do pescoço. Pode ser o peitoral esculpido, um abdômen talhado em pedra ou costas monumentais, não importa, o fato é que ele conquista toda a sua admiração. Isto é, até que você erga os olhos e, como a Rainha de Copas em *Alice no país das maravilhas*, ordene: "Cortem fora essa cabeça." Antes que um trauma desnecessário sobrevenha, risque-o de sua lista de maridos potenciais. Não importa quanto desejo esse corpo inspire. Se seu rosto se parece com uma daquelas cabeças encolhidas, ou com a cara de um ogro cabeludo, ele não vai ficar mais bonitinho por mais que você o observe.

Não cabe a mim definir o que é atraente ou não. Mas se ele não consegue produzir esse efeito em você *agora*, depois o cenário ficará ainda mais tenebroso. Tudo bem que o sexo é ótimo, mas você não gostaria de tentar pelo menos uma vez com os olhos abertos? Você não pode escondê-lo no escuro para sempre. Uma manhã você vai acordar recostado naquele peito largo, com um dos braços bombados abraçando o seu corpo. Você vai suspirar e virar para cumprimentá-lo com um beijo, para encarar aqueles olhinhos apertados no meio da cara e o sorriso arreganhado – e então mal conseguirá disfarçar o susto. A verdade sempre aparece e a lua-de-mel acaba por aí.

Para prosseguir, vai ter que se fingir de cego. Se ele for realmente alto, isso ajuda, mas é cansativo se dirigir sempre para os seus mamilos. Logo você vai começar a deixar os olhos perdidos no espaço quando ele falar com você. E embora sexo encapuzado funcione, pode ser um tanto inquietante – se não assustador. Com o tempo ele com certeza vai querer saber porque você cortou a cabeça dele em todas as fotos.

O melhor é deixar as "Alices" para trás. Ele poderia, afinal, ser o Romeu de alguém. Alguém cego, provavelmente.

Nunca namore um cara mais bonito que você

Sempre que um casal gay entra em uma sala, pode apostar seu cartão Gold que metade das bibas presentes está pensando: "Mas o que esse monumento está fazendo com *ele*?" Você nunca, mas nunca mesmo, quer ser o *ele* da história. Seja sempre o objeto de desejo de qualquer dupla. As pessoas não vão pensar que você está se desperdiçando. Vão é admirar sua coragem e fibra moral por namorar um homem não tão bem-apessoado quanto você. Bem, há sempre muito o que se dizer sobre alguém como você, reconhecido por todos como a "Madre Teresa das bibas".

Esta sem dúvida alguma, é a regra mais fácil de ser seguida por todos os *gays*. A razão é simples: *todo* gay se acha mais bonito que seu companheiro.

Nunca se apaixone por heteros

Se homens heterossexuais podem se tornar, de repente, aliados maravilhosos, por outro lado são péssimos maridos. Digamos que, independentemente do quanto eles gostem de você, alguma coisa intrinsecamente *física* impossibilita o amor. A não ser que você goste de ouvir em eco: "Você é um cara legal... mas a minha praia é outra", por que se torturar com um afeto não correspondido? Não é saudável; é baixo astral e um total desperdício do seu charme.

No entanto, alguns gays perseguem obsessivamente homens heteros justamente porque eles são um desafio impossível. É a mesma

coisa que investir toda uma herança em bilhetes da MegaSena acumulada na esperança de ganhar uma bolada. Quem você está enganando? Você pode até ter lido a respeito de vencedores nessa área, mas já conheceu algum? E mesmo que você ganhe, qual é o grande prêmio? Cerveja em lata e um jogo de futebol na televisão aos domingos? Seja honesto consigo mesmo! Todas as probabilidades estão contra você.

Claro, para confundir tudo, há aqueles autoproclamados heteros que parecem confortáveis demais com seus admiradores gays. Para demonstrar apoio moral, eles se oferecem para ser o único paquerador de garotas que circula entre as bibas. Mas quando você quer retribuir o favor, eles o dispensam dizendo: "Boates gays têm o melhor som. É uma pena que não tenha muitas meninas por aqui." Hum... Bem, não sou eu quem vai questionar a honestidade das pessoas, mas se ele *só* aparece em lugares gays e arranca a camisa mais rápido do que qualquer um, *você* deveria parar para pensar em quem está sendo honesto com quem.

Não se apaixone pelo seu *personal trainer*

Sim, seu coração começa a bater mais rápido sempre que você se aproxima dele, e ele sempre está ali com seus braços fortes e mil palavras de incentivo. Só que isso, infelizmente, não é amor; é ginástica. E, além do mais, você está pagando por toda essa atenção pessoal. Tenha em mente que é fácil confundir os sinais quando a adrenalina está subindo.

Malhar é trabalho pesado. Gostar do seu treinador pode ser uma coisa boa – um incentivo para alcançar suas metas e ouvi-lo dizer: "Grande série! Você foi perfeito." Mas quando começa a imaginar que um tapinha amigável nas costas significa algo mais, você está é procurando encrenca. Já existe bastante distração nas academias e você não precisa pagar uma fortuna por algo "especial". Portanto, antes que você comece a comprar conjuntos esportivos na cor que ele gosta ou a fazer empréstimos para pagar treinos adicionais, lembre-se: para ele, isso é um trabalho, não um namoro.

Evite *gogo boys* e *strippers*

Eu sei que eles são bonitos, mas qualquer homem que viva de balançar suas melhores partes para centenas de homens excitados não é um marido em potencial. Quem quer ficar esperando pelo seu homem até as três da manhã, enquanto ele está cercado de bichinhas bêbadas que não desgrudam? Se você jogasse sobre ele aquele talquinho que revela impressões digitais, descobriria seu amado usando uma espécie de roupa feito aquelas cheias de pegadas de leopardo.

Não é que os *gogo boys* e os *strippers* não sejam uma companhia prática. Eles são bastante úteis para conseguir dinheiro trocado e exigem pouca manutenção. Uma academia, uma sunga, um par de botas, e eles já estão prontos. Contudo, vai chegar o dia em que você vai se ressentir com ele e sua profissão. Deixe esses caras em seu pedestal, você não precisa convidá-los para o seu coração.

Não saia com homens depilados

A não ser que o apelido dele seja "Tony Ramos", nunca namore um cara que passa o tempo todo se depilando. Há alguma coisa de estranhamente desconfortável em um corpo depilado. Mais artificial que isso, só um tufo de pêlos pubianos transformado em bonsai. Caras que se depilam sempre vão amar mais a si mesmos do que a você. E quando você está encantado por ele, acariciando aquela pele lisa e olhando-o nos olhos, vai surpreendê-lo espiando por cima do seu ombro para admirar sua própria imagem no espelho.

Caras macios devem procurar outros caras macios – portanto, a não ser que você pretenda se meter com lâminas, cera e ter todos aqueles cuidados, esqueça. No final sempre cresce de novo, e um corpo totalmente pinicante é uma maneira excelente de ficar irritado. Além do mais, todo o tempo gasto com a manutenção é tempo roubado de você. Deixe aquele garoto lisinho escorregar para fora da sua cama.

Cuidado com caras que levam mochilas a bares

Nada diz "estou desesperado" de forma mais gritante do que alguém sair de casa com uma muda de roupas. Se por um lado não posso garantir que o rapaz bonito com uma mochila transada não esteja apenas levando ali objetos de seu (bem pago) trabalho, por outro você pode apostar que há dentro da mochila ao menos uma escova de dentes escondidinha.

Você não pode se preparar para um romance de forma tão óbvia. Não é a festa do pijama. Claro que você espera encontrar alguém. Todo mundo espera, embora não diga. Mas você não vai ganhar nenhum ponto ao dizer a ele: "Não se preocupe. Eu já trouxe minha toalha, meu xampu e meu barbeador."

Fique longe de "relações abertas"

Não importa se a idéia foi sua ou dele, fique longe dessa armadilha. Parece muito moderno, mas se dividir parceiros pode trazer variedade, não vai sustentar uma relação íntima a longo prazo. Relações abertas são como sair para o trabalho com o ferro ligado. Claro que é mais conveniente – sempre quente e pronto –, mas pode botar fogo em sua casa. Entenda que sem dar um passo à frente não há como avançar. Por que ele deixaria tudo por você, se está envolvido com outra pessoa e livre para *amar* tantos mais? E se você encontra alguém interessante, pode apostar: ele não abrirá caminho para você. Encare os fatos. Se a vida dele fosse um filme, você estaria fazendo figuração. Não se trata de você; é uma conveniência. Mesmo que a intenção seja boa, ele o está usando como complemento do que tem em casa. E se você confrontá-lo, cobrando um compromisso, vai logo descobrir qual é a sua posição no *ranking*. Procure um marido em tempo integral, não a chance de enriquecer a vida sexual de alguém. Uma relação fechada é sempre mais íntima.

Se ele é tão maravilhoso, diga para ele ligar quando a tal relação estiver encerrada – completamente. É o mínimo que você merece.

Diga adeusinho a bissexuais

Pode parecer politicamente incorreto, mas tente manter seu coração livre de bissexuais. Não importa o quão seguro e confiante esteja, é da natureza humana ter ciúmes irracionais até um certo grau e, namorar um bissexual só vai duplicar a sua paranóia. A não ser que você tenha a disposição de levá-lo a lugares cheios de mulheres e deixá-lo lá sozinho, todos os ambientes vão se tornar uma prova de confiança. Você precisa construir uma relação com seu Romeu, e não perder tempo com a Julieta – e com todos os seres bípedes que aparecem pela frente.

Agora isso não significa que os bissexuais sejam menos confiáveis; apenas podem trocá-lo também pelo outro sexo – e se isso acontece, você só tem a opção de aceitar a derrota por W.O. E convenhamos, já é difícil o bastante ver seu ex-namorado com outro cara. Mas pelo menos nesse caso você pode detonar seus competidores sem se tornar pateticamente sexista.

Outra complicação é que "bissexual" é sempre usado como um degrau. Para cada garoto autenticamente bi há um gay tímido que "não gosta de rótulos" e tem medo de escandalizar a família ou um hetero rebelde que acha o máximo chocar a mãe que vive naquele mundinho limitado. Lembre-se: os gays têm o privilégio de ter as melhores mulheres à sua volta. Como você sabe se ele não o está usando para ter acesso a elas? Francamente, ninguém vai se assumir sem passar por uma fase exploratória. Mas preserve-se dessa dor de cabeça e foque a atenção nos gays de corpo e alma.

Nunca namore um cara que não goste de *brunch*

O caprichado café da manhã de domingo – também chamado de *brunch*, combinação de café da manhã e almoço – é o equivalente gay da *happy hour*. Pois você está numa enrascada se o homem dos seus sonhos não acha essas "escapadas" uma parte crucial da vida entendida.

Depois de uma semana cansativa no escritório, o *brunch* permite a ambos uma oportunidade de sentar, relaxar, fofocar e comer pratos quentes, frios, frutas, além de sobremesas maravilhosas. Melhor ainda, permite sair um pouco de casa. Se o seu homem demonstra desprezo por essa opção já no começo da relação, resigne-se a pôr um avental, ir para o fogão e fazer omelete com torrada pelo resto dos seus dias. Acredite, eu vi minha mãe fazendo isso a vida toda – e não é nada bonito!

Nunca namore alguém com o mesmo nome que o seu

A não ser que seu nome seja René ou Ivani, namorar alguém com o mesmo nome é uma sina estritamente gay. Não há muitas mulheres chamadas João por aí (se há, eu é que não quero encontrá-la numa viela escura).

Vamos dizer que você encontra alguém e descobre que ambos têm algo mais em comum além do interesse mútuo. É inesperado – e divertido – por aproximadamente cinco segundos, até que alguém o chama e os dois respondem "O quê?" em coro. Embora pareça prematuro, risque-o da lista.

Se não o fizer, você está condenado à existência esquizofrênica de se transformar em dois. Vai começar a assustar os outros ao se referir a si mesmo na terceira pessoa. Vão falar de você no plural ou, pior, de você como o Segundo. A não ser que você queria ser brindado com um imprescindível sufixo do tipo *inho* ou *ão*, por exemplo, comece já a construir o *seu* nome, e não deixe ninguém roubá-lo.

Encontre o seu namorado, não o de outra pessoa

Alguns de nós acham que não existe ninguém mais desejável do que um cara que está envolvido com outro. Talvez isso prove o seu valor. Talvez soe como um grande desafio. Bem, sugiro que você espere na fila até que ele esteja solteiro, ou você vai se tornar tão patético quanto a Zélia Cardoso de Melo – lembra? São como as amantes que aparecem na tv – sempre de *lingerie* – que acreditam que o amado vai deixar mesmo a família e começar vida nova com elas. Mas se não acontece nem na tv, imagine na vida real.

Nenhuma relação precisa ser terceirizada. Oferecer o seu amor não deveria ser o mesmo que oferecer um aperitivo para um homem em dieta – algo tentador mas cheio de culpa. Qualquer resultado será ruim. Se ele deixar o namorado, mais cedo ou mais tarde vai culpá-lo por esse fim. Ou, mais provavelmente, você será uma distração útil até ele perceber que foi um tolo, vestir-se e correr para casa. Mesmo que você o seduza admiravelmente bem, quem pode dizer se isso não vai acontecer de novo? Dessa vez com *você*, claro.

É o destino, você diz. Mais provável é que o compromisso afetivo dele seja do tipo negociável.

Fazer uma relação funcionar exige muita energia. Ninguém pode assumir o trabalho extra de bancar o cão de guarda e ficar à espreita, esperando o vingativo ex.

Corra de recém-separados

O amor deveria começar de um lampejo, não apenas de uma oportunidade. Se você encontra alguém (não importa o quanto seja atraente) que saiu de um relacionamento há uma semana, alguns dias ou, mais assustador ainda, algumas horas atrás – fuja. Não importa que ele pareça vulnerável e digno de compaixão, ou que dê a impressão de que tudo já ficou para trás, nunca ofereça mais do que um ombro amigo a um recém-separado. Esses homens estão tentando recuperar um amor perdido, e *não* começar algo novo.

Claro que você pensa: "Essa é a minha grande chance." Mas não é. Até que ele tenha tempo de superar a relação passada, você funciona como uma distração. Ele pode ser doce, sexy, mas em seu coração você é apenas um bálsamo para aliviar a dor. E *band-aids* sempre são jogados fora depois que as feridas cicatrizam.

Tenha certeza de que você é inesquecível antes de ser apenas útil para fazer alguém esquecer outro alguém.

Evite garçons de bares gays

Esteja certo de que sempre existe alguém simpático em um bar; alguém que sorri quando você chega; ri das suas piadas mais manjadas; ou, se o ambiente é muito barulhento e confuso para a comunicação, apóia ombros musculosos em você e, com olhos entreabertos, entrega na sua mão aquilo que você mais deseja. Desde que você não se esqueça da gorjeta.

Os garçons são reconhecidamente um oásis em meio ao caos da vida noturna. Podemos estar ali para encontrar alguém, ou apenas por diversão, mas há sempre um clima de expectativa no ar. Sempre queremos ser notados. Só não se esqueça de que o garçom está a trabalho, independentemente do quanto ele dá atenção a você. Flertes desse gênero estão para um bar gay da mesma forma que os amendoins estão para um bar hetero – um atrativo para permanecer ali e manter o clima de festa. Ambos são agradáveis mas, no fim das contas, não saciam.

Claro, existem rumores de que os garçons são seres humanos – *mesmo* aqueles bronzeados e perfeitos que parecem nunca ganhar o suficiente para comprar uma camisa –, portanto alguns deles poderiam se tornar o parceiro ideal. Mas não faça a corte quando ele está trabalhando, sob o risco de você torrar toda sua grana em drin-

ques e ainda destruir seu fígado. Faça o que fizer, nunca gaste uma noite enviando olhares maliciosos do alto de sua banqueta, e nem pense que você é o primeiro a lhe passar o telefone, discretamente. Ele pode dar uma piscadinha, até agradecer, mas eu não ficaria em casa esperando o telefone tocar.

Se todos os seus amigos acham que ele é o homem errado, provavelmente é mesmo

Todas as relações que florescem passam por um estágio de formação em que os amigos ficam em segundo plano. É o estágio de "tornar-se um casal", quando vocês só querem a companhia um do outro. Pode durar um fim de semana ou um mês, e os amigos de verdade sabem que agora não é o momento de convidá-lo para nada. Mas em algum momento a lua-de-mel acaba e vocês dois são recebidos pela grupo. Nada poderia ser mais traumático do que descobrir que, por trás dos sorrisos e das conversinhas, seus amigos decidiram que detestam o seu novo gato. Será que você cometeu um grande erro? Ou eles estão com ciúmes? As primeiras impressões não são mesmo muito confiáveis. Tente de novo. E de novo. Se eles insistem em fugir da sala, descubra por quê. Amigos são capazes de ver além do seu encantamento e perceber coisas que você não viu – que ele adora chutar cachorros, ou se refere a você como o seu "ticket-refeição". A não ser que sua panelinha seja muito exclusivista, os amigos, em geral, estão preocupados de verdade com o seu bem-estar.

Mas é claro que, se o seu melhor amigo começa a sair com ele na semana seguinte, você precisa procurar não só um marido como também novos amigos.

Fique longe de pessoas extremamente negativas

A não ser que você queira mudar seu nome para Poliana, uma pessoa de tendência negativa torna-se um marido realmente triste. Ele é uma pessoa muito ocupada em se sentir mal para sentir amor. Felizmente, o tipo é fácil de reconhecer porque revela rápido sua natureza. Por exemplo, está sempre atrasado, mas quando chega fala de pessoas cretinas que cruzaram o seu caminho e joga a culpa no mundo. Você diz: "Tudo bem, você chegou", mas ele não se conforma. A comida não terá sabor. O serviço será horrível. E logo, logo, debaixo dessa nuvenzinha negra, você também começa a se sentir péssimo.

Então, você tem duas opções: virar-se para o sol e afirmar sempre o lado brilhante das coisas ou compartilhar do desespero dele. Ambas as saídas são dilacerantes ao longo do tempo, porque não é humano ser sempre esfuziante ou um cínico em tempo integral. Você está perdido se assumir uma batalha contra atitude tão negativa.

E esqueça o futuro. Pessoas negativas *sabem* que nada vai dar certo. Nunca dão. (Na verdade, sua alegria constante ou mesmo seu assumido baixo-astral já devem estar incomodando o rapaz.)

Se ele não pode rir de si mesmo e da vida de vez em quando, esqueça.

Nunca se torne o segredo inconfessável de alguém

Um homem que nunca se assume não se torna um marido verdadeiro, independentemente de quão maravilhoso ele possa ser. Não se deixe cegar pela boa aparência, pelo sorriso Colgate, pelas acrobacias sexuais, pela carteira recheada ou pelas promessas generosas.

Se você não pode dividir sua felicidade com mais ninguém, o encanto misterioso vai logo desaparecer.

Todo mundo se lembra de como é horrível ser enrustido. Todas as mentiras e as enganações. Bem, prepare-se para uma reprise dessa novela se o segredo mais bem guardado da vida dele for você. A primeira vez que ele se desviar de um conhecido, esconder sua foto ou o apresentar como um colega, você vai saber qual é o seu lugar. Convenhamos! Você merece um homem que o ame à luz do dia – não alguém que se derreta por você em meio às sombras quando lhe é conveniente. Se ele se preocupa tanto com o que os outros pensam, então não se preocupa o suficiente com você.

Dê-lhe um beijo para mostrar o que está perdendo, arrume seu orgulho, vista seu respeito e vá-se embora.

3
Maneiras duvidosas de encontrar um marido

Encontros arranjados por amigos, colegas de trabalho ou – ainda pior – pela mamãe!

Já foi cientificamente provado que é mais fácil ganhar na loteria do que encontrar o parceiro ideal num encontro "às cegas", ou seja, arranjado por terceiros. Bem, na verdade essa pesquisa jamais existiu, mas eu ainda prefiro apostar todo o meu dinheiro em números ao acaso a jogá-lo na improvável química entre dois completos estranhos. *Mas*, se você anda com sorte (e o destino decide lhe sorrir no exato instante de um eclipse solar), até pode encontrar aquele ser especial numa situação desse tipo.

A pior coisa dos encontros às cegas é que, por definição, você está nas mãos de alguém. Tudo se resume, enfim, à confiança. Você deve se perguntar: "Eu realmente respeito o gosto dele (ou dela) no que concerne à minha felicidade? Até que ponto ele me conhece? E o que tenho a perder?" A maioria das pessoas gostaria de apostar em boas intenções pelo menos uma vez.

Quem promove os encontros às cegas:

1. O bom samaritano.
2. Amigos e colegas de trabalho.
3. Mamãe!

O bom samaritano

O bom samaritano é qualquer pessoa a quem você normalmente não pediria conselho, mas que mesmo assim se oferece para servir de cupido. O "perfeito" encontro amoroso pode ser promovido pela recepcionista simpática, por alguém numa festa, por uma garota que se diz sua melhor amiga ou até pelo seu vizinho.

Prós: todas as variáveis aqui estão completamente soltas no ar, e isso pode ser bom. Trata-se de uma possibilidade de ampliar o seu círculo. Bons samaritanos raramente têm um motivo escuso, portanto esse é um gesto desprendido de boa vontade. Devido à informalidade, não há mágoas se as coisas não derem certo. Quem sabe, esse poderia ser o "golpe" de sorte que você está esperando. Coisas mais estranhas já aconteceram.

Contras: a natureza desprendida desses cupidos pode ser um presságio de desastre. Se depois de cinco minutos de descobrir que você é gay o fulano já oferece para marcar alguma coisa com um "outro gay", vá com cuidado. Do contrário, você poderia estar indo para um encontro apocalíptico de dois seres que não têm nada em comum a não ser a orientação sexual. É ótimo que heteros simpatizantes – especialmente um número crescente de mulheres descoladas – gostem de unir pessoas no círculo de amigos gays. Apenas verifique se a possível compatibilidade vai além de: "Ele é gay, sim. Acabou de sair da cadeia. Vocês dois juntos seriam o máximo."

Amigos e colegas de trabalho

Amigos e colegas de trabalho são aqueles que estão sempre a par de nossas vidas. Se você está sozinho e carente, eles já devem ter ouvido a sua história dezenas e dezenas de vezes, e podem estar de olho em uma solução (e um alívio para os próprios ouvidos).

Prós: as opiniões de um amigo são confiáveis porque ele o conhece muito bem. Entende seus gostos e desgostos, conheceu seus namorados e, nesse caso, tem uma segunda intenção: não quer ser odiado por ter arranjado um encontro com o Corcunda de Notre Dame. Leve suas recomendações a sério – especialmente se ele pode justificá-las com uma lista de atributos admiráveis. Bem, é como Dione Warwick cantou: "That's what friends are for" (É para isso que servem os amigos).

Contras: a não ser que seus amigos estejam acompanhados ou sejam heteros, uma voz atrás da sua orelha não vai parar de sussurrar: "Se esse cara é tudo isso, por que eles não ficaram com ele?" Independentemente de todos os elogios, você vai ficar procurando os pontos fracos que os afastaram desse ser maravilhoso. Essas desconfianças – embora paranóicas – são bastante difíceis de dissolver. O pretendente não vai saber o que está acontecendo, mas vai perceber sua distância e seu julgamento. Em conseqüência, você vai fazer com que *ele* fique paranóico. Avalie suas inseguranças antes de botar o pé na rua, ou será melhor ficar em casa.

Mamãe

Mamãe agindo como cupido? Não é justamente o tipo de pesadelo do qual escapamos por ser o filho gay? Bem, não sempre, pelo visto. Acredite ou não, há mães por aí que não só se sentem confortáveis com quem você é como têm o maior interesse no seu bem-estar emocional. Se elas vão ter um novo genro na família, querem dar seus palpites na seleção. E você que pensou que se assumir era impossível.

Prós: embora pareça um sonho cor-de-rosa demais, há algo de doce em uma mãe contribuir para a escolha de um companheiro do mesmo sexo. Especialmente depois de todos aqueles anos de "Você já arranjou uma namorada?", isso demonstra uma abertura que seus amigos vão invejar e que vai torná-la a mãe mais popular da cidade.

Contras: "Você já arranjou um namorado?" vai se tornar o novo mote da sua mãe, a cada vez que encontrar o filhinho. Você vai receber ligações a torto e a direito, só para ela contar suas recentes descobertas, como a de que o filho da senhora da quitanda também é *gay* e *solteiro*. Artigos de jornal favoráveis aos gays vão ser recolhidos e enviados a você com notinhas simpáticas. Mas, seja como for, não deixe que ela o empurre para o filho de uma de suas melhores amigas. Se você deixar, a sua felicidade estará ali, cristalizada nos olhos dela. E não existe posição mais desconfortável do que contar à própria mãe que aquele "menino bonzinho" é uma bichinha quaquá, ou que o convidou para uma noite de sexo sadomasoquista.

Encontros às cegas não precisam ser tão ruins quanto dizem. Sua imprevisibilidade pode tirá-lo da rotina modorrenta, e um pouco de bom senso e planejamento vai prevenir o trauma que podem causar. Por exemplo, no primeiro encontro, não planeje uma noite de arromba pela cidade. Não é preciso buscar um cenário especial, como jantares à luz de velas, noitadas em boates ou passeios na praia ao cair do sol. Tente encontrá-lo para um café *antes* de ficar preso em uma situação em que terá de optar entre passar a vida na cadeia – depois de furá-lo até a morte com seu espetinho de *fondue* – ou ficar ouvindo as suas piadas lamentáveis. Ao mesmo tempo, educação e boa vontade exigem mais do que um vislumbre "para conferir o material". Lembre-se, ninguém o forçou a aceitar.

Se nada acontecer, pelo menos você terá farto material cômico para a próxima segunda-feira. Quem sabe, alguém cheio de compaixão ouve e decide lhe apresentar o "cara certo" para aliviar a decepção.

Amiguinhos on-line
(>>Você parece super legal, EuTudoEmCima :o))

Se você se conectou nos últimos anos, já sabe a que ponto o mundo virtual se tornou gay. A gritaria em torno da internet a coloca como a nova terra de oportunidades, e assim como os garimpeiros foram ao Velho Oeste em busca de ouro, os gays estão lá enfiando suas bandeiras de arco-íris nesse solo fértil. As notícias são instantâ-

neas. Política e direitos humanos correm de um lado ao outro do mundo. Informações sobre saúde, assumir-se e fontes diversas estão acessíveis a todos. Mas pergunte à maioria dos gays que território estão explorando e todos vão responder em eco: "salas de bate-papo", "salas de bate-papo", e finalmente *chat rooms* (salas de bate-papo). Talvez você seja um dos três gays que ainda não sucumbiram ao charme da internet. "O que é uma sala de bate-papo?", pergunta você, inocentemente. O resto está pensando: "Por que eu estou fascinado por algo tão tedioso que pode tomar horas e não levar a lugar nenhum?" Um bilhete simpático da sua avó garante uma correspondência mais estimulante.

Tenho uma teoria:

A sala de bate-papo é a inevitável mistura híbrida de sexo seguro e tédio. É parte "amizade por correspondência", parte "disque-sexo", tudo envolvido por um atraente clima de mistério. Com seu conveniente anonimato, é uma arena livre para você ser você mesmo ou quem desejar – uma maneira fácil de experimentar outros papéis, criar amizades ou apenas se permitir algumas boas conversas sujas com alguém completamente estranho. Melhor de tudo, se alguém o aborrece ou incomoda, o simples apertar de um botão fez desaparecer o chato.

À primeira vista, a internet parece ser o melhor e mais avançado ponto de encontro. É como ir para uma festa sem se estressar com o modelito. Charme, inteligência e humor são seus melhores acessórios, enquanto peitorais esculpidos e ombros largos viram promessas vagas. No espaço virtual todo mundo é bonito.

Mas esteja avisado, mesmo o anonimato não consegue transformar um bobão em um gostosão. Uma nova raça de internautas parasitas vem surgindo, ameaçando destruir – ou pelo menos frustrar – sua viagem pelo espaço cibernético. Tente ter uma conversa com um desses tipos facilmente reconhecíveis:

Aquele que pula as preliminares e vai direto ao ponto

>> E aí? Está no pique ou não? Eu estou.
>> E aí, carinha? Também está s/ roupa?

O cara insistente, irritante, que escreve em maiúscula para chamar sua atenção

>> EI FOFINHO!!!!!
>> TUDO BEM? TUDO BEM?
>> POR QUE VOCÊ ME IGNORA! FALE COMIGO! ESTOU AQUI!

O funcionário do Censo que insiste em fazer vinte perguntas

>> Quais são os seus 10 cds favoritos, a que programas de tv você assistia quando criança? Faz ginástica, o que come de manhã? É canhoto, também?

O cara das siglas, que é menos uma conversa do que uma sopa de letras

>> BLZ? QUER TC? VC F? EU TB :– D
>> KD VC? ATV/PAS? :-) :-) :-)

Pior ainda, o chato nhenhenhém

>> Como vai? Eu estou bem, acho, mas nada realmente tem acontecido comigo. Eu estava no shopping perto da casa da minha avó a semana passada porque eu tive de comprar meias novas já que as minhas antigas não se agüentavam de tanto furo. Que pena, eram minhas favoritas. Eu queria azul mas tive de me contentar com as verdes era o que havia no meu tamanho. Tamanho 40, se você quer saber.

E pensar que você gasta seus tostões com esse prazer.

Apesar dos pesares, muitos caras gays vão às salas de bate-papo como um método alternativo de encontrar homens ao vivo e em cores. É o famoso raciocínio: "Se *eu* estou *on-line* (e a sorte também), por que ele não pode estar?" E isso pode ser verdade. Mas antes que você comece a peneirar – examinando perfis de muitos para encontrar uma pedra verdadeira –, pergunte a si mesmo o quanto *você* foi honesto. Pode esperar mais do que isso de alguém? Todo mundo mente um pouquinho. Mas alguns mentem muito.

Para acabar com as adivinhações, muitos homens estão providenciando fotos *on-line* – os *gifs* – para embelezar fisicamente este perfil. Agora você está vendo com quem você está falando – supostamente. Eu não quero parecer muito cínico, mas tenho minhas dúvidas sobre a autenticidade desses cartões visuais de apresentação.

Essa foto é verdadeira?

1. A fotografia traz alguém que é a cara de um famoso ator de pornochanchadas. Coincidência? Talvez *seja* realmente ele – afinal, eles também têm tempo livre. Mas de certa maneira eu duvido muito que existam hordas de atores pornôs por aí debruçados diante do computador entre as filmagens, conversando com seus entusiasmados fãs.

2. Mesmo que ele diga que é modelo, a foto não deveria ser profissional. Do contrário, você estará provavelmente babando sobre uma página de revista arrancada ao acaso. Um crédito do fotógrafo ou o símbolo © no canto é um mau sinal.

3. Se ele aparenta ser bom demais para ser real, peça educadamente outra foto para admirar. Muitos espertinhos não são espertos o suficiente para ter várias fotos de "si mesmos". Peça fotos que mostrem poses cândidas e que incluam amigos ou parentes que não pareçam modelos. Ele provavelmente não é irmão da Gisele Bündchen.

Anúncios pessoais

Há algo de catártico em folhear páginas e páginas de anúncios pessoais em jornais e revistas. Talvez seja confortável ver quantas *outras* pessoas ainda estão à procura. Nós nos tranqüilizamos porque

não estamos sozinhos em nossa insatisfação. Depois de ler algumas descrições detalhadíssimas ou realmente bizarras, você começa a perceber porque é um desafio tão grande encontrar ali um cara decente. Alguém sabia que havia tantos "caras fortes, bonitos, másculos e fora do meio" para escolher? Até parece que agora os sonhos saem de uma linha de produção. A única variável são a cor dos olhos ou do cabelo, e isso é facilmente adaptável. Já a personalidade é um acessório, embora geralmente falte no estoque. É interessante perceber como esses caras estão desesperados. *Você* certamente não se sente tão só a ponto de colocar um anúncio no jornal.

Então por que você corre imediatamente para essa seção toda semana? Só para constar?

Mesmo com a reputação de ser a pior opção em termos de encontros, as pessoas ficam curiosas quanto à eficiência de colocar um anúncio. Pode-se achar amor em uma caixinha de cinco centímetros por dois? Com as frases certas e adjetivos-chave, será que sua propaganda (em negrito) pode ser a estrela-guia que vai trazê-lo até sua casa? Sua caixa de correspondência vai ficar lotada com respostas de pretendentes adequados? Olha, qualquer coisa é possível. De qualquer forma, depois de colocar um anúncio e ver as respostas chegando, você vai ficar aliviado ao ver que certos itens – coisas como fotos acrobáticas e assustadoras de Polaroid ou buquês de pêlo púbico – foram enviados para a sua caixa postal, ou do contrário teria que mudar de endereço. Mas ao mesmo tempo que você está se dando conta de que esse anúncio é um ímã que atrai as coisas mais esdrúxulas, alguém sincero e interessante *poderia* responder. Como em jardinagem, há muita erva daninha e é preciso ter paciência, mas de repente você pode estar plantando algo que consegue crescer.

E, antes que você vá a seu dicionário de escola procurar sinônimos para *saudável, empregado* e *possuir todos os dentes*, vamos examinar duas crenças básicas a respeito da procura de amor em classificados.

Mito 1: Apenas fracassados e michês colocam anúncios pessoais

Verdade: À primeira vista, este parece ser o caso. Se há uma foto de um homem quase nu e o rosto encoberto, além de um número de bip, ele está esperando algo além de um beijo depois que você tiver desfrutado da sua companhia. Pois é, e você achou que ele era apenas fácil...

Todos parecem muito suspeitos tanto quando são *perfeitos demais* (Adônis bronzeado procura cara legal para dividir e herdar fortuna/imprescindível gostar de viagens ao redor do mundo na primeira classe) ou *extremamente cautelosos* – também conhecidos como *casados* – (Discrição e sigilo absolutos/deixe número para marcar encontro/sem nomes, sem envolvimento), *completamente insanos* (Batman procura seu Robin/precisa gostar de máscaras e de um bom chicote), ou *super estranhos* (Sou um cara alegre, mas não alegre demais/procuro alguém para amar ou quem sabe me dar bem). Agora, explique: você ainda não sabe por que fica deprimido?!

Mas tenha na cabeça que anúncios pessoais também são o lugar certo para achar caras que estão dando seus primeiros e hesitantes passos fora do armário. Com a segurança do anonimato, essas almas puras estão procurando um mentor sábio como você. É a sua chance de atraí-los para o lado de cá. E, melhor de tudo, se todo mundo parece muito mais imperfeito do que você, imagine a impressão que você vai causar. Leitores com bom discernimento vão se concentrar em você, como o único diamante faiscante numa coroa de latão.

Mito 2: Só fracassados respondem a anúncios pessoais

Verdade: Todos lêem anúncios, mas quem realmente responde a eles? Certamente *alguém* responde, senão todos começariam a dizer que eles são dinheiro jogado fora. Mas pode perguntar e ninguém admitirá ter descido tão baixo. Minha teoria é a de que aqueles que mais tiram sarro de você por sugerir esses anúncios – seus "amigos" – são de fato os que secretamente respondem a eles. Faça um teste. Aposto que se você inserir um perfil atraente, mas não muito específico, as respostas vão incluir caligrafias familiares ou vozes conhecidas. Além de aprender sobre os sonhos e desejos dos seus amigos, isso prova que todo dia pessoas normais fazem suas esperançosas tentativas. Isto é, se você considera seus amigos normais.

4

Imagine seu homem ideal

Agora que você sabe o que *não* procurar, como saber o que vale a pena?

Feche os olhos e mentalize o parceiro ideal. Não fique limitado aos componentes físicos (o que é fácil de se imaginar). Lembre-se, você está criando mentalmente um marido, não requisitando um acompanhante. Precisamos trabalhar com uma figura o mais completa possível: aparência, gostos, interesses, visão de mundo, ambições. Agora segure essa imagem e emoldure-a no fundo da sua mente.

"Mas ele é muito bom para ser verdade", você diz. "Nunca vou achá-lo."

Esse tipo de papo derrotista vai (o que não é surpresa para ninguém) mantê-lo livre e solto – por toda a eternidade.

O truque é reconhecer que a nossa necessidade de perfeição é apenas um disfarce. Nos protegemos psicologicamente da rejeição pré-rejeitando todos os nossos pretendentes. Isso nos faz sentir melhor. E também nos mantém solteiros – mesmo quando agimos assim inconscientemente.

Minha proposta é procurar o Senhor 85%. De fato, ele provavelmente cruza o seu caminho, mas você está muito ocupado exigindo aqueles últimos superficiais 15%, e ele passa despercebido. Eu não estou falando da oitava maravilha da Terra. O cara de quem eu falo é 100% completo – quer dizer, ele só não é 100% do que você pensou que ele seria. Ainda assim você vai reconhecê-lo porque ele possui a maioria das qualidades importantes que você decidiu encontrar. Ele poderia apenas ser loiro ao invés de moreno, seu tipo ideal, ou não ter um aqueles peitorais perfeitos. Ou talvez ele tenha, embora você ache todos os caras de academia idiotas. Talvez ele vote, digamos, no Enéas, talvez seja um garoto de boate, ou um bom amigo. Ele poderia ser cinco anos mais novo – ou mais velho – do que você. As possibilidades são infinitas.

Você deve aprender a procurar uma pessoa, não um "tipo". É talvez mais fácil sair de casa com viseiras, mas você está perdendo metade da visão. Na verdade, você pode até não ver o que – ou quem – está bem ali do seu lado.

Agora que sei o que quero, ele vai me querer?

Você evitou muita dor de cabeça seguindo os meus conselhos. Agora tem uma idéia aproximada e administrável do que procura. "Mas e daí? Ele nem vai me notar!" Hum... Inseguranças estão presentes e ganhando espaço. Mais devagar: não seja o pior inimigo de si mesmo – não é produtivo e ainda temos muito trabalho a fazer. Na próxima seção, vamos dar uma olhada atenta em nós mesmos – sim, em plena luz do dia – e perceber o que funciona e o que devemos mudar se queremos agarrar aquele homem e mantê-lo assim para sempre.

Parte II
OLHE-SE NO ESPELHO

Apontar o dedo é feio, cruel e raramente útil, mas *todo mundo*, em um momento ou outro, poderia tirar proveito de uma crítica construtiva. Talvez tenhamos uma inexplicável fixação pelas músicas de Celine Dion quando não estamos bem ou achemos que uma casa limpa significa apenas trocar os lençóis da cama. Ou talvez seja algo menos tangível – um sinal que enviamos sem perceber e mantém os outros a distância. Podemos não gostar do fato, mas primeiras impressões ainda são sinônimo de imediata vitória ou derrota, quando procuramos uma nova relação. E, de fato, um mau começo é dificilmente recompensado com o privilégio de uma segunda chance.

Tudo bem. Sem neuras.

Nesta seção, espero lhe oferecer uma vantagem sobre seus competidores. Vantagem no sentido de fazê-lo exibir sua melhor face. Nada tão dramático que sua mãe não possa reconhecê-lo na porta de casa. São apenas algumas pequenas sugestões para separar aquelas charmosas particularidades do peso morto que você leva consigo em cada encontro.

Você pode ficar surpreso com a simplicidade dessas dicas. Muitas talvez você já conheça e siga, e talvez tenha muitas outras a acrescentar a esta lista. Mas se uma ou duas dessas dicas derem um "estalo" em você, um pequeno ajuste (indolor, eu prometo) poderá potencialmente trazer a vantagem que você vem procurando.

O que você tem a perder?

Deixe claro para você mesmo que o objetivo é apresentar a *sua* melhor forma – ressaltar o lado positivo –, não simplesmente copiar os outros. Não estou falando de um "tipo" ideal no qual você deve pacientemente se transformar. Seus atrativos não são intercambiáveis; são apenas seus. Pense nisto. Se a aparência e o jeito de todo mundo fosse igual, romance seria uma coisa bastante insípida e previsível. Ao contrário, o que ofereço são sugestões amigas no terreno "garotos encontram garotos", coisas que toda a nossa socialização hetero ignorou ao nos formar.

O fato é que ninguém é perfeito. Nós todos temos maus hábitos e *aqueles* momentos. Mesmo assim, alguns erros crassos têm a tendência (injusta, é verdade) de ofuscar nossas melhores qualidades. Mas com um pouco de bom senso e as antenas ligadas, podemos ter a certeza de que o romance não será podado de forma prematura por aquele sinal que emitimos inconscientemente: "Área reservada." "Passagem proibida."

Aqui, vamos nos deter em três áreas básicas que nós, homens à procura de marido, sempre observamos e consideramos fundamentais:

1. Aparência.
2. Bons modos.
3. Lar, doce lar.

Lembre-se, as linhas mestras que vamos seguir aqui – úteis ou aparentemente triviais – têm o objetivo de eliminar o que poderia, de cara, afastar um pretendente. Você não deve pretender modificar *quem* você é, mas *poderia* deixar aquela malha de tricô laranja fosforescente na gaveta da cômoda – ou no incinerador.

5
Aparência

A importância da aparência pessoal não deve nunca ser subestimada. É o seu cartão de visita, seu currículo ambulante quando você está à procura de um marido. É da natureza humana avaliar visualmente um possível parceiro, existindo ou não a preocupação de selecionar os melhores genes para perpetuar a espécie.

Sejamos honestos: quando você repara em alguém, seu primeiro pensamento geralmente não é: "Ele parece ser um grande papo!" ou "Aposto que é um ser humano fantástico!" Há sempre um certo nível de apreciação estética – para não dizer outra coisa. Por outro lado, se a frase é sempre: "Eu traçaria esse cara" ou "Argh!", você atingiu o extremo (e improdutivo) oposto. Do ponto de vista do ideal, queremos ser notados, mas não imediatamente julgados e categorizados. Todo mundo precisa de uma chance para mostrar o quanto é especial, o quanto se destaca da manada.

Então, o que separa aqueles que são alvo de todas as atenções daqueles que se sentem sempre invisíveis? Músculos suculentos? 2% de gordura corporal? Corpo e rosto de *top-model*? Para uns poucos afortunados e seu séquito de admiradores, sim. Mas o resto de nós pode fazer maravilhas com o que já tem, além, é claro, de uma discreta demonstração de autoconfiança. Todos sabem que pessoas seguras são muito mais interessantes, porque possuem uma "positividade" que atrai como um ímã e faz os outros se aproximarem. Mas não confunda seguro com convencido. O segundo é no fundo apenas um ego inchado, mais desagradável que desejável.

Ninguém quer admitir que vive com preocupações tão superficiais, mas nessa área – cedo ou tarde – todos nós somos pegos em flagrante. Talvez tenha a ver com bom gosto, talvez tenha a ver com insegurança – tudo bem, mas vamos admitir de uma vez por todas que os detalhes contam. Então, puxe uma cadeira. Vou pegar o espelho. É o momento para uma consulta pessoal, em que suas qualidades vão sobressair.

Use corretivo de leve

Claro que você não quer ter defeitos. Quem quer? Mas alguns de nós precisam de uma lição básica sobre segredos de beleza. O truque está na aplicação. Lembre-se, é só um toque, não uma máscara de carnaval. A não ser que você queira sair montado, seja econômico quando empunhar a varinha mágica do corretivo ou do hidratante colorido ("cor da pele"). Qualquer que seja o nome, que você use, continua tudo sendo maquiagem.

Se você usar direito, as pessoas não vão notar. A idéia é *esconder* coisas, não estimular comentários sobre a sua (pouca) habilidade manual. Se isso ocorrer, olhe bem no espelho. Talvez seja a cor. Corretivos não vêm em um tom que serve para todos. Se você é naturalmente pálido, os tons "carmim" ou "bronze" podem dar a impressão de sujeira ou até de alergia. O oposto teria o efeito de um pesadelo como o da cara do Michael Jackson.

Faça o que fizer, nunca se esqueça de esfregar bem. Nada é mais idiota do que um cara com bolinhas cor-de-laranja no rosto. Seria melhor que ele o visse com marcas de todo tipo do que se parecendo com um ET.

Compre roupas em mais de uma loja

Se os seus amigos passam diante de uma loja e confundem a vitrine com o seu guarda-roupa, então você precisa rever o seu conceito de moda. Ter estilo é uma coisa, outra é sair com alguém que parece ter saltado de um *outdoor* da Zoomp! Se as pessoas podem calcular o preço exato do seu conjuntinho, é tempo de sair para o mundo e abrir novos horizontes.

Como ele vai apreciar o seu "ser" único e inigualável se ele se sente participando de um comercial da Benetton? Misture e combine. Procure no fundo do armário aquela malha listrada e moderninha que a sua tia daltônica lhe deu de presente três aniversários atrás. Diga que é de um estilista italiano que acabou de apresentar sua coleção em Paris.

Fuja de tapa-sexo

É impossível manter a credibilidade quando se está vestindo um tapa-sexo, ainda mais se tem aqueles elásticos com estampa de leopardo no meio da bunda. Deveria ser *sexy*, mas a única coisa que eu consigo pensar é: "Preciso ir à farmácia comprar fio dental."

Ninguém quer marcar um encontro com uma página da *G Magazine*. Eu sei que é excitante, mas descobrir que alguém realmente se veste como um *gogo-boy*, com aqueles calções transparentes cheios de correntinhas, é suficiente para esmagar os primeiros botões do amor. Use samba-canção, shorts, *slips* ou não use nada. Mas aquele homem com calcinha de cetim e velcro... Muito cuidado!

Perfume demais? Melhor nenhum!

Quanto menos, melhor. Confie nisso. Nada envenena até a morte uma paixão tanto quanto uma densa nuvem de perfume. Pode ser um perfume importado, a tentativa de uma amiga que resolveu misturar essências para ganhar uns trocados ou um frasco de Pinho-Sol. Tudo dá na mesma se usado de forma exagerada.

Seja modesto ao aplicar seu cheiro. Um homem não deve nunca "sentir" você a um quarteirão de distância. Se você bate na porta dele, fazendo uma surpresa, não quer que ele grite: "Ah, adivinhei! É você e o *seu* cheiro. Mas espere pouco que eu estou no banho e vou atendê-lo daqui a pouco, ok?"

A colônia certa pode fazer maravilhas, mas se a essência escolhida faz o pretendente se lembrar do ex-namorado, você está em apuros. Um bom teste é perguntar se ele gosta de colônia. A maioria vai dizer o que prefere, e relatar experiências penosas na área. Anote. E não entre em competição com o perfume de um ex-namorado, mesmo que seja o seu preferido. Há o perigo da nostalgia, e ela geralmente vence.

Agora, se a sutileza não é o seu forte, limite-se ao sabonete. Garante frescor, limpeza, e não há o risco de más recordações, a não ser que ele tenha tido um trauma dentro da banheira quando criança. A leve fragrância do sabonete é um cheiro que ele vai apreciar quando beijar a sua pele, e você vai ganhar pontos pela higiene exemplar.

Nunca se vista como alguém
dez anos mais jovem

Imagine o seu pai com aquelas botas militares da Doc Martens, cabelo repicado, camiseta colada no corpo e a inconfundível essência *CK One*. Já começou a tremer? Pois é, você com certeza não o deixaria sair de casa, mas alguns de nós nunca param para pensar sobre as próprias mancadas nessa área. Enquanto as adolescentes tentam impressionar se vestindo como mulheres maduras, gays geralmente têm a tendência contrária, de se vestir como se tivessem muitos, muitos anos a menos.

Quem você está tentando enganar?

Um corte de cabelo na crista da onda e as últimas roupinhas *fashion* não lhe conferem juventude, apenas chamam a atenção para a sua tentativa tola de jogar uma década de vida no ralo. Ninguém vai pedir sua carteira de identidade na boate só porque você está vestindo camisetas *baby-look* ou Jean-Paul Gautier. Você só vai parecer uma vítima da indústria da moda.

O fato é que, se você está bem asseado e em forma, será digno e atraente em qualquer idade. Gosto é uma coisa relativa. Apesar de as atenções estarem voltadas para garotos loiros, morenos, pretos, nisseis, garotos de todos os tipos, a verdade é que nós crescemos desejando *homens*. Nossas primeiras fantasias foram alimentadas por imagens masculinas nos catálogos das lojas de departamento ou nos suplementos dominicais. Esses homens eram na sua maioria maduros e assim mesmo inegavelmente eróticos. Não se subestime.

Vista o que lhe cai bem e o valoriza. Se seu visual não lhe permite mais ser confundido com um modelo da Ford, não se preocupe em seguir a moda em todos os seus detalhes. Lembre-se, vestir-se como alguém da sua idade não significa necessariamente parecer um aposentado, ficar em casa e comprar roupas na Casa José Silva. Significa apenas estar bem nas roupas que você *gostaria* de convencer seu pai a usar.

Não cace na academia, mas freqüente uma

Você conhece muitos casais que podem se recordar com emoção de seu primeiro banho no chuveiro da academia? Eu também não. Digam que sou ultrapassado, mas acredito que a capacidade de julgamento não é a mesma quando seus olhos estão cheios de espuma. É difícil ser objetivo quando você está coberto de sabão ou imerso nos vapores da sauna.

Não que ir à academia seja má idéia. Talvez você não encontre um marido nem ganhe o concurso nacional de *fitness* (quantos abdominais por dia?), mas um pouco mais de exercício não pode fazer mal. Você vai se sentir melhor, parecer mais saudável e poder dizer coisas como "Eu te vejo depois da academia" para os seus invejosos amigos. Mas não se deixe perturbar pelo entorno. Em vez disso, pense no lugar como um museu cheio de coisas que não têm preço e que, portanto, não podem ser possuídas. E nunca se sinta culpado. No vestiário, todo mundo dá uma olhadinha para conferir o material.

Mude seu corte de cabelo

Vá ao armário e desenterre suas fotos de escola. É hora de saber se continuar indo ao barbeiro e pedindo o "corte de sempre" não o fez cair numa armadilha do tempo. Como regra, se o seu cabelo aparenta ter sido esculpido em pedra ou parece o resultado de muita chapinha, chegou a hora de achar outro penteado. É surpreendente como um novo corte pode fazer você se sentir uma nova pessoa. As mulheres conhecem esse truque há tempos. É uma loção de juventude, e a mais barata que você pode encontrar.

Pense na atenção que vai receber. Seus amigos vão comentar como você ficou bem, e os recém-chegados vão notar sua energia revitalizada. Considere isso como um investimento. É melhor do que roupas novas, porque você pode usar todo dia e combina com tudo. Faça tentativas. Divirta-se. (Se cometer um erro, lembre-se de que o cabelo vai crescer de novo.) É mais barato que plástica. Claro que se seus amigos dizem que já gostam do seu cabelo assim (sua mãe não

Duas sobrancelhas são melhores que uma

Na academia que freqüento há uma pessoa bastante atraente cujo único defeito visível é a sua sobrancelha gigantesca. Quando o vejo, você acha que reparo no seu corpo esculpido, seu rosto anguloso, seus olhos escuros e profundos? Não, só consigo me fixar na peluda taturana que repousa acima dos olhos.

Sim, é jovial, mas dentro de nós há sempre um resquício dos homens das cavernas. Ninguém quer ser reconhecido por seus pêlos, principalmente os do rosto. Fazem-nos lembrar de livros de antropologia com imagens de homens pré-históricos que ainda andavam de quatro. Trememos só de imaginar que aquela poderia ser a foto de um namorado.

Felizmente esta condição não é imutável. Uma simples pinça resolve o problema. Ou você poderia até fazer eletrólise ou depilar com laser, definitivamente. Do contrário, pode ser que você acorde um dia com um esparadrapo "acidentalmente" colado sobre as sobrancelhas. Aceite a sugestão camarada. Evite uma tragédia e comece a pinçar o excesso.

Bronzeado é bom quando é pouco

Se você é conhecido como Drácula, ou se fica invisível em meio aos lençóis brancos, um pouco de sol pode ser a benção de que você precisa. Leve seu corpo marmóreo para o ar livre, e deixe a Mãe Natureza reavivar suas chances. Vale a pena, mesmo que o sol o cegue por um momento.

Claro, existem garotos que gostam tanto desse afago caloroso da natureza que não querem ir nunca embora. Cronometre sua permanência, ou o sol vai carbonizá-lo. Se você não quer ser confundido com uma lagosta, o diabo, ou a Adriane Galisteu, não deixe seu

corpo ficar pururuca. Aliás, não é uma visão saudável, pelo contrário: é um convite ao câncer. Além disso, ninguém quer sair com alguém que está trocando de pele, mesmo que seja um biólogo especialista em répteis.

E se um homem o encontrar no meio desse processo, um abraço! Ou melhor, nem mesmo um abraço vai ser possível. A cada vez que ele o tocar, você vai se encolher de dor, e – entendendo ou não a razão – é muito comum que os caras levem essas coisas para o lado pessoal. Então apenas saia do seu sarcófago tempo suficiente para parecer vivo, não frito, e logo estará radiante e lindo.

Loiro platinado fica mal em todo mundo

Bem, digamos que em *quase* todo mundo. Pois é, as probabilidades e a genética estão contra você. Mesmo a rainha da água oxigenada, Madonna, já aprendeu bastante com seus próprios erros. Lembra-se do filme *Quem é essa garota?* (O título deveria ser *Você está tentando ficar feia?*) E olhe que ela tem muito mais dinheiro para a manutenção do que você.

Ficar loiro é muito mais uma fantasia pessoal do que uma experiência recomendável. Você quer se divertir, você quer ser radical e *sexy*, e ter cabelo luminoso – produzi-lo na pia de casa ou no salão de beleza – parece ser a resposta.

A questão é que a genética não é tão flexível assim.

O tom do seu cabelo não é uma variável qualquer. É um elemento da sua composição física, indissociável do tom de pele e da cor dos olhos. Se você muda um, o resto fica desequilibrado, e o conjunto se perde. Poucos de nós pintariam o cabelo de preto-azulado ou usariam lentes de contato coloridas, mas muitos concordam que raios de sol brilhem no alto da cabeça.

A não ser que seu cabelo já seja claro, platinado vai fazer você parecer pálido (ou albino) e instaurar o dilema das sobrancelhas e das raízes escuras. Em vez de parecer atraente, você vai parecer doente, anêmico ou, com o tempo, careca. Afinal, um moreno não pode ficar loiro da noite para o dia sem literalmente arrancar os cabelos!

Lembre-se, você quer alguém lhe fazendo um cafuné – sem temer que chumaços de cabelo fiquem presos entre os dedos dele.

Wet-look é demais da conta

Mais ou menos no começo dos anos 80, cabelos emplastrados com aparência molhada – o *wet-look* – eram considerados a pedida certa para um ar glamuroso. Calças de tecido de pára-quedas e luvas cintilantes também já foram consideradas *o máximo*. É tempo de você saber que essa moda ficou para trás. Cabelo com brilhantina não é mais *sexy* nem ousado. Apenas parece oleoso ou, pior, sólido.

Se você usa gel porque acha conveniente, tente um corte de cabelo mais curto. Ou use boné. Muito gel pode cometer o pior crime contra o cabelo – transformá-lo num capacete. O que é o mesmo que construir o instrumento ideal para combater um possível admirador (além de deixá-lo com os dedos em petição de miséria).

Vá para casa e pegue uma grande escova. Vai exigir força e coragem, eu sei, mas tente romper os fios grudentos e aglutinados como uma casca. Em seguida, jogue fora todos os produtos que prometem "um penteado que nunca desmancha". Tome um banho demorado, lave tudo muito bem e prometa nunca mais tentar dar um "estilo" para os seus cabelos.

Fique mais lindo dormindo

Se as pessoas estão constantemente lhe oferecendo a amável sugestão "Acho que você deveria descansar um pouco", elas estão educadamente dizendo: "Você está uma caca! Cuide mais de si mesmo." Aceite a sugestão e abrace o travesseiro. Nunca subestime o poder regenerador do sono. É o ritual de beleza mais barato que existe, porém o menos respeitado.

Quando você sai para se divertir ou está saboreando o momento antes de voltar a pensar no trabalho, é fácil ver o sono como uma chatice – uma espécie de vazio que come as suas horas livres. Sim, o sono tira a nossa liberdade com suas exigências. Às vezes o colocamos à prova, lutando contra os bocejos com café ou álcool. Você pode até conseguir ficar acordado, mas há um preço a pagar. E quem paga é o seu rosto.

O sono pode ser vingativo quando ignorado. De repente seus olhos se transformam em bolsas enormes que você não sabe onde esconder, e a sua pele começa a se ressentir com erupções de acne. Agora, como um maracujá mais do que maduro, você terá bastante oportunidade de ficar na cama – sozinho.

Evite o desgaste prematuro. Não vale o último drinque, nem mais um capítulo do livro. Descubra se você precisa de seis, oito, dez horas de sono reparador, e respeite o limite. Há uma Cinderela em cada um de nós. Ela adorava ir a festas, mas era obrigada a partir antes da meia-noite, coitadinha. A que horas sai a *sua* carruagem?

6
Bons modos

A sua maneira de agir é tão importante – ou, no fundo, mais importante – quanto a sua aparência. Seus modos são, de fato, a linha divisória entre conhecer uma pessoa ou ficar no banco de reserva. Todo o tempo gasto em aperfeiçoar a sua aparência nada significa se o seu comportamento afasta os homens de você. Portanto, se não quer ser chutado para escanteio, vamos dedicar um tempo para avaliar suas habilidades nessa área.

Lembre-se, um marido não é uma obra de arte cuja única função é o ornamento. Se é isso o que você procura, não precisa ler mais. O nome correto é "michê", e eles aceitam até cheques pré-datados. Mas se você espera que seu companheiro tenha personalidade própria (e, com sorte, renda), a maneira como nos comportamos no meio social é um forte indicador da nossa própria capacidade de conviver com alguém.

O ponto é que, se por um lado todo mundo concorda que má-educação não é a melhor maneira de atrair alguém, por outro esquecemos que estamos *sempre* sendo observados. Mesmo quando não somos o foco das atenções, deveríamos sempre ter bons modos. Em geral, isso não acontece. Seja a ansiedade da competição, seja o veneno trocado entre amigos ou a idéia falsa de que somos invisíveis *até* o momento em que tomamos a iniciativa, o fato é que tendemos a mostrar nossas piores facetas quando achamos que ninguém está olhando. Cuidado! Isso pode atrapalhá-lo muito mais do que você imagina.

Vamos examinar algumas mancadas comuns que podem estar repelindo os outros. Não importa que você esteja entre estranhos ou entre amigos. Maridos em potencial poderiam se materializar em qualquer lugar. E eles são bastante suscetíveis a fazer um péssimo juízo de você quando o vêem destruindo os amigos *deles*, ou agindo como um completo idiota. Mostre que você é melhor que isso. Sucesso imediato é difícil de avaliar, mas pelo menos os seus comentários ácidos deixarão de ser um fator que vai, de cara, estragar tudo.

Não finja ser o que não é

Pense bem, qual é a pior coisa que pode acontecer? Ele não gostar de você. Grande coisa! Se alguém vê o seu "eu" verdadeiro, e prefere continuar fazendo compras, tenha certeza de que ele realmente precisa aproveitar o último dia da liquidação. Você não é uma lata amassada ou um pão amanhecido no supermercado do amor. Pelo menos você foi direto e honesto. Simplesmente, não tinha de acontecer. Mas se você se apresenta como alguém que não é, e ele se entusiasma, não venha chorar as pitangas quando ele cair em si. E isso sempre acontece.

A vida não é uma novela, e ninguém pode viver para sempre no reino do faz-de-conta. Assim, se os seus avós lhe dão um cd pelo seu aniversário, não deixe todo mundo pensar que você é um herdeiro dos Matarazzo (se é que eles ainda têm dinheiro). Deixe o salto alto em casa. E, se ele é crítico de arte, não tente impressionar citando nomes de museus que você nunca visitou, dizendo que o museu Van Gogh fica em Paris, por exemplo, ou confundindo Monet com Manet – imperdoável!

Seja você mesmo. Não posso garantir que ele vá amá-lo. Mas pelo menos não vai acordar um dia e descobrir que está apaixonado por uma falsa imagem de você.

Seja simpático

Se você costuma esfregar a língua numa lixa para deixá-la afiada, devo avisá-lo que ninguém tem vontade de beijar uma língua

cortante, menos ainda uma bifurcada. Ser uma cobra não é muito sedutor. Nada deixa um homem mais assustado do que palavras ferinas feitas para impressionar. Não pense que os diálogos irônicos e cortantes que você ouviu num filme antigo vão servir para seus encontros no século XXI.

Malícia (ou melhor, maledicência) pode se transformar rapidamente em competição. Quem é que consegue arrasar com mais gente? Quem é o mais cruel? Trata-se de um estado de espírito contagioso. Você fica tão preocupado em parecer inteligente que todo mundo se transforma automaticamente em motivo de piada ou platéia. E então, depois de soltar sua última farpa, você termina o drinque e reclama com amargura que ninguém se interessou por você. Ei, ei! Talvez ninguém quisesse entrar para a sua lista de vítimas, certo?

Ser bem intencionado não significa que você deva ser insípido ou maria-vai-com-as-outras. Apenas significa mostrar uma personalidade positiva que vai atrair as pessoas, sem deixá-las com medo de ter a cabeça cortada fora. Agir de forma amigável vai levá-lo mais longe do que qualquer frase espirituosa. Como um bom amigo disse uma vez: "Só houve uma Bette Davis (a Malvada), e você não é a encarnação dela."

Não peça drinques carnavalescos

Se tem uma cereja, um flamingo de plástico ou se deve ser tomado com canudinho, esqueça. Poucas coisas são mais ridículas que um homem com um copo que mais parece uma árvore de natal no meio de um bar gay. Outra coisa: qualquer bebida servida em um copo de martini sempre acabará "deslizando" para o chão.

Drinques cheios de frufrus geralmente têm nomes idiotas. Se chegar em um bar e pedir um "Umbigo do capeta" ou um "Orgasmo tropical" não deixa você sem graça, então você já deve ter participado de muitos cruzeiros gays no Caribe ou em outro lugar exótico. Mas não confunda uma noite qualquer com um baile no Havaí. Simplesmente fique longe de qualquer coisa que venha acompanhada de um guarda-chuvinha de papel.

Garçons de bares gays geralmente só querem usar o abridor de garrafas, não querem aprender novas receitas. Se você deseja beber de novo aquele drinque de piña colada cor-de-rosa que tomou na sua última viagem para o México, compre os ingredientes e tente fazer em casa. Mas no bar escolha cerveja. É mais barato. Chama menos a atenção. E dispensa aquele monte de guardanapos para limpar o gelo cor-de-rosa grudado em seu bigode.

Não faça citações de clássicos gays

Se ele quisesse passar uma noite movida a filmes memoráveis, teria ficado em casa vendo vídeo ou uma tv. Embora esta seja uma prova de fogo para o cinéfilo fanático, evite passar a noite citando diálogos ouvidos nos clássicos gays – mesmo que sejam só como introdução. Em vez de parecer inteligente, você vai dar a impressão de que não desgruda do videocassete.

Com todo o respeito pelo seu profundo conhecimento de *O que aconteceu a Baby Jane?* ou *Mamãezinha querida*, não há necessidade de improvisar uma cena dos filmes, a não ser que *ele* peça. Você quer ser visto como original, espirituoso, não como o *cover* da Joan Crawford em um de seus filmes. Fica ainda pior se o seu público não entende as referências. Gritar "Sim, Blanche, você está nesta cadeira!" para alguém que não manja nada de filmes antigos só vai gerar olhares incrédulos e um silêncio horrível. E não adianta tentar explicar a cena depois, porque não vai salvar a situação.

Encante-o com suas próprias idéias e sacadas. Apenas cite os filmes que viram juntos e assim terá certeza de que ele dará boas risadas com você. Do contrário, vai sobrar tempo para você ver mais uma vez as suas fitas favoritas.

Uma boa conversa inclui ouvir

Desenhe uma boca sorridente numa folha de papel. Agora converse com ela como se estivesse num encontro com o Senhor

Sorriso. Se nada parece estranho ou fora de ordem, você deve ter um pequeno probleminha: fala demais. E aqueles com tendência de monopolizar a conversa sempre se sentem na obrigação de achar uma nova audiência a cada oportunidade. "Vamos falar sobre mim" pode parecer muito estimulante, mas para os outros o atrativo se perde ao perceberem que se trata de um monólogo. Cale a boca ou corra o risco de ficar falando para as paredes.

Uma conversa é uma troca de idéias e opiniões. O que exige pelo menos duas idéias, e ambas não podem vir de você – por mais fascinantes que sejam. Se você acha isso difícil, tente fazer perguntas. Ele vai precisar de uns segundos para limpar a garganta, atrofiada por falta de uso, mas surpreendentemente terá uma chance de responder. É essencial mostrar que você se importa com o que ele tem a dizer. Ele precisa se sentir um igual, não uma espécie de eco ou o seu "querido diário". Eu sei que é difícil para algumas matracas perder o controle das ondas sonoras, mas isto é imprescindível para uma comunicação saudável. Além disso, você vai aprender mais sobre ele – além de o fato de você passar a ser reconhecido como um bom ouvinte (ou masoquista). Se você só descobre que ele é do interior e tem uma pronúncia carregada no *terceiro* encontro, corte rápido o blablablá ou só terá aquele Senhor Sorriso de papel para contar as "mil coisas" que já estão fazendo cócegas na sua língua.

Não beba demais

Muitos acham que o álcool ajuda a diminuir a ansiedade e o estresse de procurar um namorado. Levanta a moral, ameniza o ambiente de competição e dá segurança para lidar com qualquer situação. De repente, você se torna o prêmio da festa, e os olhares estão na sua direção. Sim, você conseguiu captar a atenção de todos. Apenas se assegure de que não é pena, ou aquele tipo de curiosidade que temos diante de um desastre de automóvel.

Cada pessoa tem uma diferente tolerância ao álcool, mas todos temos limites. Sejam dois ou nove drinques, é altamente recomendável não chegar ao ponto da bebedeira – especialmente se você está à procura da outra metade da laranja. Beber dá a sensação de

que você tem outra personalidade. Só que é uma personalidade mais escandalosa e inconveniente. O que pode ser engraçado entre amigos é lamentável para os demais. Quem é que quer conversar com um cara que não pára de rir e de pedir licença para ir ao banheiro? "A cerveja vai direto para a torneirinha" não é uma frase convidativa para o início de um romance.

Além de o transformar num chato balbuciante, o álcool diminui a sua capacidade de julgamento. Você pode acordar no dia seguinte não apenas com dor de cabeça, mas com alguém parecido com o Tiririca roncando a seu lado.

A não ser que você já esteja freqüentando os Alcóolicos Anônimos, não há necessidade de abstinência total. Afinal de contas, quem é que não gosta de sentir aquele calor que sobe à cabeça e torna tudo mais alegre? Mas tenha certeza de que as cores e formas que está vendo não são uma alucinação; do contrário, enquanto você saboreia mais um golinho, as oportunidades vão deslizar por baixo da porta.

Tamanho família só traz grandes decepções

A não ser que você seja um caso científico que desafia as noções de proporção, para menos ou mais, a maioria das pessoas não sabe muito bem o que está levando na algibeira. É um velho amigo que desafia as definições. Mas entre em um ambiente gay e, de repente, a questão do "tamanho ideal" ganha importância. Uma *grande* questão para alguns. Ouvindo certas conversas, temos a impressão de que alguns precisariam de uma calça com três pernas. Mas independentemente de sua herança genética – seja canhão ou calibre 22 –, os declarados "tamanho família" só prejudicam a si mesmos criando uma ansiedade totalmente desnecessária. Quem quer ser testado por eles? Ou entrar no jogo da fita métrica? Mesmo os garotos tamanho "jumbo" se sentirão meio murchos quando medidos e esquadrinhados descaradamente. E qual o orgulho de ter alguém que sai com você apenas pelos seus atributos físicos? Ele está procurando um namorado ou um desafio?

Viva o prazer de cada momento, não antecipe. Você pode ser enganado. A não ser que esteja caçando em uma praia de nudismo, aquele volume promissor pode ser um porta-níqueis cheio ou um pouco de gaze enrolada em algum machucado. Além disso, tamanho é relativo. Você pode ter uma preferência, mas é ditada pela experiência passada. Preocupe-se com o que ele pode fazer com aquilo. Isso é, no fim das contas, mais urgente do que pensar se ele deve usar uma sunga GG ou fazer uma operação. Então, a não ser que o pênis dele exija uma expedição para encontrá-lo ou um guindaste para movê-lo, o sucesso do romance não vai saltar das calças dele.

Não fique para o arrastão

O aviso de que o bar vai fechar parece sinalizar a chance derradeira de encontrar alguém. Mas, nesse caso, as chances para os caçadores de marido são – na melhor hipótese – reduzidas. Minimize as perdas e tenha o seu merecido sono de beleza. É mais produtivo. Você não vai parecer desesperado, procurando em cada rosto um sinal de interesse. Além disso, quem quer ser um prêmio de consolação?

Não há nada de errado em ir para casa de mãos vazias. Afinal, você tem seus critérios. Você tem tempo. Não deixe o orgulho mantê-lo grudado na banqueta do bar, fingindo que a noite continua uma delícia. Um vídeo ligado e uma musiquinha ao fundo não são *tão* interessantes assim. Veja isso como a oportunidade de encontrar outras pessoas, não como derrota.

Pessoalmente não acho que bares sejam o melhor lugar para encontrar marido. Sim, há homens interessantes ali, mas é o mesmo que uma multidão esfomeada chegando para um pequeno piquenique. A probabilidade é que você volte para casa com fome. É a lei da oferta e da procura. Tudo bem, é possível que no meio de tantas apostas e acasos você tenha sorte. Apenas saiba o momento de cair fora. A luz do dia amanhecendo é um forte sinal. Nenhum ego gosta de ouvir: "Estamos fechando. Por favor, vá embora."

Evite comer com os olhos

Perceba que há uma diferença entre "comer com os olhos" e paquerar. A paquera no universo gay é sempre uma troca de olhares discretos e sorrisos que entregam tudo. É uma forma de arte única, forjada por leis instintivas. É em parte "Sim, eu saquei que você é" e em parte "Hummmm..."

Se a paquera é uma forma sutil de comunicação, secar os outros insistentemente é um grito estridente. Aprenda boas maneiras. Quando você espia alguém e quer ter a chance de chegar perto, siga estas dicas:

1. Se ele olha para você e você o surpreende neste exato momento, sorria e evite ficar encarando-o boquiaberto.

2. Deixe passar um segundo (tranqüilo, na sua) e então olhe de volta na direção dele.

3. Se desta vez ele percebe e sorri (ou pelo menos olha de maneira não horrorizada), entenda isto como uma indicação de que ele quer falar com você. Esteja prevenido de que este estágio pode durar um tempo imensurável se nenhum dos dois for corajoso. Avance sem medo. Acredite em mim, seus amigos vão preferir isto ao invés de ouvir você falar dias e dias sobre a oportunidade perdida.

4. *Mas* se você olha de volta e ele o está encarando como se fosse o último pedaço de carne na face da Terra, desvie o olhar rapidamente. Se arriscar uma olhadinha e a cena continuar igual, além da saliva estar escorrendo, ache um amigo e agarre-o com força. Você quer um marido, não um lobo à procura do último lanchinho do dia.

7

Lar, doce lar

Se você acredita que "o lar é onde o coração está", bem poderia passar o aspirador de vez em quando. Uma aranha não é um animal de estimação recomendável. E, ao contrário dos fornos, banheiros não são autolimpantes. E não adianta colocar aqueles sachezinhos de desinfetante azul cobalto. Quando se quer agarrar o Homem Ideal, um pouco de esfregação e limpeza certamente vale a pena (e você não vai ter tanto receio de andar descalço pela casa).

A casa é uma extensão do "eu" – que evidencia nosso calor humano, nossos interesses, nossas neuroses. Qualquer um pode ter uma idéia mais verdadeira de quem você é fazendo-lhe uma rápida visitinha, muito mais do que alguém consegue saber passando uma noite inteira com você em outro lugar. Como? Basta olhar em volta e perceber a imagem autêntica que seu lar, doce lar projeta. Sua casa não finge. É 100% você.

O truque é transformar isto numa vantagem. Em vez de pensar "É assim que eu sou. Se gostou, ótimo, senão, azar", você pode realçar o seu lado *desejável*, seguindo algumas dicas. É só uma questão de saber o que ele está procurando e o que ele *não* precisa encontrar.

Transformar sua casa em um ambiente adequado não significa criar uma arapuca romântica. Um ambiente à meia-luz e provocantes volumes do Marquês de Sade são sinais muito óbvios para enganar alguém. Convidá-lo para dividir o tapete de urso defronte à lareira também não chega a ser sutil. O ponto aqui é sublinhar o seu potencial, sem que tudo pareça ter sido planejado. Não é uma questão de desonestidade, é apenas demonstrar o que você pode. E o arranjo não vai exigir pilhas da revista *A&D* ou um batalhão de reforma. Só exige a visão criteriosa de um observador imparcial. Tente observar sua casa não como um habitante, mas como uma visita. Olhe em volta e tire conclusões – mesmo que erradas. Porque ele vai tirar. E não seja compreensivo demais. Se fosse uma pousada, você pediria outro quarto? Ou exigiria o seu dinheiro de volta? Caso ele veja a sua casa como um lugar suficientemente confortável para chamar de "lar", você está na metade do caminho. Mas se ele nunca passa da porta de entrada ou confunde os musgos da sua banheira com a última moda em plantas ornamentais, seu esforço foi por água abaixo.

Não há como escapar. Vocês não podem ficar indo a bares e restaurantes para *sempre*. Se quer que ele fique realmente próximo de você, cedo ou tarde terá de convidá-lo para a sua casa.

Deixe sua casa mostrar que você:
1. Não é um porco.
(Pelo menos, não mais que ele.)
2. Tem bom gosto.
(Limitado apenas pela renda.)
3. Tem uma vida segura e completa.
(Só falta alguém com quem dividi-la.)

Esconda as fotos do seu ex

Só um bobo acreditaria que é o seu *primeiro* amor. Mesmo assim, você não precisa ser muito claro a esse respeito. Faça com que ele se sinta um cara de sorte e não apenas o próximo da fila. Sugiro que você retire, uma por uma, as fotos de todos os seus casos que fazem a sua casa parecer uma exposição da *Spartacus*. Retire também as fotos com olhos vermelhos grudadas com ímãs na geladeira. Todos aqueles porta-retratos com lindas lembranças do passado também devem ser encaixotados. Em suma, retire as marcas de sua vida afetiva pregressa, que vão apenas distraí-lo e dificultar a sua missão. Ou você quer que o seu ex sorria para ele em cada canto da casa? Ele pode ser seu amigo agora, ou só uma boa lembrança, mas para seu pretendente ele é o que veio antes, um concorrente. Você pode até dizer que se dá bem com ele, mas sem colocá-lo num santuário.

Os convidados espiam as fotos expostas como se vissem a história de sua vida. É um privilégio reservado a poucos. Você quer mostrar que as pessoas gostam de você, não que *você* gosta de alguém obsessivamente. Claro que ele terá ciúmes ao vê-lo abraçando outro. Não importa que esse outro tenha desaparecido de vista. Agora, pior ainda é quando há por ali a foto de uma antiga namorada (se você já teve essa experiência). E se você por acaso esquecer uma foto num canto, apenas diga: "Não seja bobo. É meu irmão. Somos muito chegados." Ele vai ver os dois abraçados lado a lado na esteira de praia e, se Deus quiser, vai ficar muito chocado para insistir no tema. Mude de assunto rápido.

A verdade é que pretendentes querem vê-lo como alguém com muitas qualidades, não como alguém com muita experiência. Ele não precisa checar a lista dos seus casos e saber os pontos fortes de cada um. Sem mentir descaradamente, lisonjeie-o. Vai evitar uma crise inútil de insegurança e permitir que você coloque uma foto *dele* no seu criado-mudo.

Aprenda a cozinhar pelo menos um bom prato

Um dos melhores afrodisíacos que existem é um prato caprichado – e feito em casa. Hoje em dia é tão difícil achar tempo para cozinhar – cozinhar para os outros, então nem se fale – que um convite para jantar em casa é uma oferta inigualável. Para seduzi-lo pelo estômago, aprenda pelo menos um prato especial. Mesmo que seja só um, ele vai pensar que você é um *chef*.

Não tente enganá-lo. Uma lasanha no microondas não é um prato especial, mesmo que você consiga esquentá-la uniformemente. Depois, você não pode roubar o crédito da Sadia. E mesmo que você blefe, ele não vai acreditar que você preparou aquele arroz primavera acompanhado de frango chinês. Se você é do tipo que não tem nenhum livro de receitas, faça um jantar simples. Tente uma massa, acompanhada de pão e salada, ou um frango com legumes e arroz. É gostoso e raramente dá errado. Apenas siga o princípio de que os ingredientes devem vir em partes separadas e exigem mais que um abridor de latas. Quanto mais bagunçada estiver a cozinha, com travessas e utensílios aqui e ali, mais ele vai apreciar seu esforço. Sirva um drinque e deixe que ele o veja em ação. Antes que você diga "Mais uma dose?", ele vai estar sonhando com uma vida em comum.

É claro que não vai ser possível continuar cozinhando o mesmo prato a vida inteira. Mas quem se importa? Quando ele descobrir que é tarefa *dele* lavar os pratos, vai ficar satisfeito em convidá-lo para um restaurante e evitar todo aquele trabalhão.

Não deixe seu pote de camisinhas ao lado da cama

Eu sei que é decorativo deixar as camisinhas dentro de um pote de biscoitos transparente. Mas, a não ser que você queira que ele fique imaginando quantos visitantes passaram pela sua casa na última semana, mantenha seu estoque de camisinhas à mão, mas não espalhado como confete. Há uma diferença entre estar preparado para o sexo e se orgulhar dos "mais de três bilhões de sanduíches servidos", como o McDonald's faz.

Se camisinhas demonstram responsabilidade, também denunciam uma antecipação do sexo – mesmo que não especificamente com ele. Se o sinal vem cedo demais, ou é mal interpretado, ele vai pensar que você só quer uma rapidinha. Um passeio pela casa vai se transformar em um jogo de tensão e desconfiança. Você vai se perguntar por que ele está tão pouco à vontade, e ele vai pensar se deve dar o fora ou ficar ofendido com a sua presunção de que *vai* rolar. De qualquer forma, um vai achar o outro ou muito cara-de-pau ou muito não-me-toques. Nada que possibilite um próximo encontro.

Guarde seu arsenal de beleza no armário

Muito poucas e afortunadas pessoas podem acordar, escovar os dentes e sair de casa radiante. O resto precisa de um pouquinho de tempo para tornar a sua beleza natural, digamos, mais evidente. Nós tonificamos, nós hidratamos, nós tiramos pêlos indesejáveis e damos um "toque final"– além de fazer o cabelo, claro. E os outros nunca entendem porque estamos sempre atrasados.

O surgimento de bibas produzidas, portanto, é uma conseqüência natural. Em busca das últimas conquistas da indústria de cosméticos, elas guardam loções caríssimas e gel para o contorno dos olhos como se estivessem estocando comida para o dia do Apocalipse. Seu depósito fica no banheiro, onde existem mais vidrinhos do que nos mostruários de perfume das lojas de departamento.

Ficar bonito é uma vantagem para você, mas ele não precisa testemunhar todo o seu esforço. Se você tem mais vidros de colônia do que de temperos, enfie-os debaixo da pia. Esconda a esponja, o creme rejuvenescedor e os produtos para cuidar da pele "em doze etapas" no armário do banheiro. Ele vai achar que o seu segredo é um sabonete e um xampu diferentes, eu aposto.

Esfregue bem o banheiro antes que ele entre

Você não pode ser nunca econômico no que diz respeito ao seu banheiro. Há algo de misterioso em um azulejo limpo e na visão de uma torneira brilhante que consegue instintivamente nos acalmar. Talvez isso nos lembre uma infância feliz, uma visita ao médico ou uma temporada em um hotel de luxo. Talvez seja apenas a idéia de limpeza e ausência de germes. Seja qual for o motivo, vai somar muitos pontos.

Pouca gente tem empregada em casa todo dia, e nós já estamos com o olho acostumado com a nossa própria bagunça. No fim, o lixo acaba impedindo que você passe de um cômodo para outro, e a cortina do chuveiro fica tão espessa que até você nota – então é a hora de uma rápida limpeza. No fundo pensamos: é a minha sujeira, posso conviver com ela. Mas se alguém – alguém que você quer ver mais vezes – aparece, sugiro que você desenterre o desinfetante.

Não precisa nem dizer que o lavabo deve estar reluzente. Não há nada pior do que fios de cabelo ou manchas em um vaso sanitário. Além disso, ele não precisa descobrir qual é a sua pasta de dente ou seu creme de barbear pelos sinais deixados na pia. Mas o teste final está sempre na banheira, se você tem uma.

Poucos se preocupam com isso. Mas pense: Qual é o lugar em se está mais completamente vulnerável? Claro que ele vai entrar ali sem sapatos. Uma banheira ou um box assépticos mostra que você se preocupa com a opinião dele. E ele merece! Mas se a louça se parece mais com mármore veiado (isso quer dizer *com veios*), ou se achar o sabão implica escavar com as mãos, você pode estar enterrando as suas chances. A boa notícia é que depois que você o conquistou, a banheira pode até rachar. Afinal, se é a *nossa* sujeira, podemos conviver com ela.

Esconda a sua coleção pornô

Ao contrário de livros, material pornográfico na estante não vai ajudar a criar a imagem que você quer. Se livros mostram que você é culto, pornografia só mostra que você gosta de se masturbar. Não que haja alguma coisa de vergonhoso no pornô. Só os maiores pudicos não têm uma coisa ou outra escondida na gaveta. Mas talvez por terem escondido e sofrido tanto com a homossexualidade na adolescência, alguns transformam o pornô em decoração.

Pornografia é qualquer coisa que tenha uma ereção ou um telefone para chamar "garotos másculos" na contracapa. Se é algo que você não gostaria que a sua mãe visse, não deixe jogado em qualquer canto como se fosse um inocente exemplar da revista *Caras*. Mas não se preocupe. Você pode expor a sua cara coleção de livros de fotografias em preto e branco – apenas não finja que o seu interesse é apenas artístico ou que nem notou o bem proporcionado "assunto". Um livro de arte pode se tornar o tema de uma conversa, desde que ele não precise perguntar "Será que essa posição é fisicamente possível?". Por enquanto, deixe-o pensar que o único estímulo sexual de que você precisa vem *dele*, e de nenhum outro lugar. Ele vai se sentir honrado.

Ao ataque!

Bom, agora você está com tudo em cima, sabe como encantá-lo com o seu charme e a geladeira está cheia. Você se tornou um ótimo partido.

"Mas ainda estou sem ninguém", você diz. Bem, vamos resolver isso.

Na próxima seção, vamos nos voltar para a corte – passando pela paquera, os primeiros contatos, até a consumação do seu desejo. Dissecando as regras básicas de um namoro, você vai ter a certeza de estar avançando no rumo certo.

Ok, debutante gay, prepare-se para testar seu potencial. Sem medo de entrar na chuva e se molhar. Chegou a hora de ir até o fim – e arrasar.

Parte III

FAZENDO A CORTE

8

Pesquisa de campo

Agora que você está na sua melhor forma e sabe o que procurar, é hora de tomar as rédeas da situação e mostrar a ele que você existe. Ninguém pode fazer isso em seu lugar. Mesmo que o destino ou o acaso o entreguem de mão beijada, não pense que uma mirada em seus belos olhos vai ser suficiente para ambos viverem felizes para sempre. "Amor à primeira vista" pode seduzi-lo, mas não vai mantê-lo a seu lado. Para atingir esse feito, você precisa vivenciar um ritual consagrado por todos os que um dia já foram solteiros – o namoro. O seu sucesso ao longo das trilhas promissoras, às vezes enganosas, de uma relação a dois vai indicar se ele será um futuro marido ou um motivo de arrependimento.

Agora, se a vida de um monge solitário parece mais sedutora do que a perspectiva de voltar ao "meio", relaxe – você só precisa de um guia bem detalhado e de algumas palavras de estímulo. Na vida, nada que vale a pena vem de graça. Use esse tempo para lembrar a si mesmo porque você quer um marido, e reconheça que inúmeros outros homens desejáveis querem a mesmíssima coisa, sem tirar nem pôr. Não há razão para imaginar que encontrar o Homem Ideal não pode acontecer se você se coloca inteiro nessa empreitada. Não há tempo para autopiedade. Muitas pessoas acham que a vida está, de alguma forma, contra elas, impedindo que encontrem um bom relacionamento. Isso me parece uma desculpa bem esfarrapada. E penso também que, mas que a ira divina, é bem provável que seja nossa ingenuidade ou até nossa impaciência que estejam nos botando para baixo. Nós exigimos muito e desistimos fácil demais.

Uma das primeiras mancadas é esperar que as pessoas reconheçam *automaticamente* nossas qualidades. A não ser que você esteja procurando um médium, isso já é motivo suficiente para uma derrota. Ninguém vai perceber que você é o máximo se você age como um bobo ou se fica parado sem fazer nada. Nós todos temos de nos promover um pouco. Bancar a "ostra" não significa ser misterioso, e sim impenetrável. E nenhuma pessoa sincera vai encarar esse desafio evidente que é vencer as suas barreiras.

Grande parte dessa "distância" é apenas medo disfarçado. O medo da rejeição, da responsabilidade e, mais importante, do desconhecido. Nós não sabemos como agir, e por isso ficamos tão "por cima", tão desdenhosos em cada situação. E depois ficamos *surpresos* quando a situação nos ignora! Não é isto que você quer, nem de longe.

Vamos modificar este cenário.

Se não há uma fórmula única e acabada, ainda assim podemos verificar maneiras de desenvolver o encanto da sua companhia. Desde o básico "Como me apresento a ele?" ao "Como o convido para sair?", passando pelo tenebroso, mas real "Por que nunca passo do primeiro encontro?", vamos atravessar a corda bamba do amor e descobrir onde estão as armadilhas a evitar. Fazer a corte é sempre uma situação única, mas tornando-se mais decidido e seguro junto aos caras que lhe interessam, você vai estar mais próximo do sucesso.

Diminua sua carência

A idéia de passar uma noite sozinho faz com que você se encolha na posição fetal e comece a chorar? Ou o faz atacar a geladeira e devorar duas caixas de sorvete? Se é assim, preste atenção. A maioria de nós está em algum ponto entre a compreensível necessidade humana de companhia e o estado de carência absoluta. O lugar em que você se encaixa determina o quanto vai ser bem sucedido na realização do seu desejo. E isso tem a ver com as vibrações que emitimos. Você está sinalizando disponibilidade ou desespero? É incrível, mas nossas exigências emocionais independem dos outros aspectos da vida. Seja para dividir o nosso prazer, a nossa dor, o dia-a-dia, ou temos uma necessidade *real* de alguém, ou permanecemos indiferentes a essa possibilidade.

Claro que renunciar a tudo estoicamente não é uma possibilidade real, nem recomendável. Você deveria ter o desejo de receber. Por outro lado, é importante saber se essa carência excessiva não é uma atitude de auto-sabotagem. Se você espera demais, sempre encontra rejeição. Sim, pois ninguém consegue alimentar uma fome tão imensa. Infelizmente, a maioria de nós não sabe onde é que se encaixa nesse gráfico. Abaixo estão algumas alternativas que vão ajudar você a avaliar o seu Quociente de Carência – e a saber se precisa de um namoro ou de uma terapia.

1. É hora do jantar, sua geladeira está vazia e todos seus amigos estão ocupados. Você:

a) se permite um belo jantar no seu restaurante favorito.

b) se permite meia dúzia de cervejas no seu restaurante favorito.

c) pega um velho livro de receitas e prepara um banquete para uma pessoa só.

d) vai atrás dos seus amigos e implora – ou paga – para que eles o incluam em seus planos.

2. Você e seu melhor amigo se despedem às 2:30 da manhã, depois de uma noite agitada, porém cansativa. Quando você está indo embora, um homem atraente passa e sorri. Você:

a) segue-o até que ele ceda ou entre rápido em um lugar qualquer por medo de assalto.

b) sorri para ele e vai embora para casa. Está tarde.

c) casualmente se apresenta, troca telefones e promete ligar depois.

d) se oferece para fazer o café da manhã para ele.

3. Um estranho em um bar se aproxima de você e diz: "E aí, tudo bem?" Você responde:

a) "Tudo, se você está sozinho e disponível."

b) "Mais ou menos. Faz tempo que eu não fico com ninguém."
c) "Eu estou excitado. E você?"
d) qualquer outra coisa.

4. Você vê dois homens andando de mãos dadas e felizes. A visão faz você:

a) pensar em se jogar na frente do primeiro ônibus.
b) sentir-se orgulhoso de que existam casais assumidos nas ruas.
c) aproximar-se e perguntar se eles fazem *menage à trois*.
d) começar a cantar: "Pensa em mim, liga para mim, não, não liga para ele!"

5. O primeiro encontro está indo muito bem. Quando ele vai dar o beijo de despedida, você:

a) faz planos para encontrá-lo na noite seguinte.
b) tenta reviver o filme *9 e meia semanas de amor* na porta de casa.
c) dá-lhe um soco e o arrasta para dentro de casa. Mesmo que ele esteja inconsciente, é alguma coisa que você pode agarrar à noite.
d) diz que quer um compromisso sério.

6. É domingo à noite e você se prepara para a semana seguinte:

a) colocando um anúncio pessoal nos classificados ou ligando para os que saíram hoje.
b) bebendo para esquecer que outra semana vai começar.
c) indo para cama cedo. Não faz mal nenhum recuperar energia.
d) passando trote em todos os seus ex para saber se eles estão com alguém em casa.

7) Quando ele lhe pergunta o que quer fazer no segundo encontro, você responde:

a) "Me mudar para sua casa."
b) "Exibir você para todos os cretinos dos meus ex-namorados."
c) "Apresentar você à minha mãe."
d) "Qualquer coisa."

8. Seu namorado é bonitinho mas está com um cheiro horrível. Você:

a) sugere que os dois tomem um banho juntos.
b) dá uma desculpa e marca alguma coisa para o dia seguinte, na esperança de que ele se lembre de tomar banho.
c) deixa as janelas do quarto abertas e reza para não pegar um resfriado.
d) decide que banho realmente não é uma coisa tão importante assim.
e) deixa secretamente um desodorante na porta da casa dele.

9. Já é tarde da noite e você não consegue dormir porque está excitado. Você resolve:

a) acessar a internet para se acalmar.
b) ver um filme de sexo explícito, de preferência no centro da cidade.
c) disca números ao acaso e tenta convencer estranhos a ter sexo por telefone.
d) reza para ter uma poluição noturna.

10. Quando você está caçando, sempre espera encontrar:

a) um deus grego que o tire do chão e o arrebate em seus braços.
b) uma pessoa autêntica ou nada feito. Seus amigos já lhe trazem problemas demais.

c) alguém como o seu ex, que pode ter arrasado com você mas pelo menos era bom de cama.

d) qualquer cara provocante – sem maiores perguntas.

11. À noite, você não consegue dormir sem:

a) pelo menos dois travesseiros.

b) uma pessoa – qualquer pessoa – dormindo ao seu lado.

c) escovar os dentes.

d) ler histórias de amor gay ou dar uma olhada em sua coleção pornô.

12. Quando comparece a uma cerimônia de casamento tradicional, você geralmente:

a) tenta cantar o noivo antes que ele diga "sim".

b) caça todos os presentes, incluindo os garçons.

c) agarra o buquê da noiva – mesmo que seja preciso empurrar e jogar a concorrência de lado.

d) redecora toda a igreja (embora isso aconteça apenas na sua mente).

e) relaxa e comemora a feliz união, percebendo que nem tudo na vida diz respeito a *você*.

Agora some os seus pontos e leia a análise para dicas úteis.

1. a) 3 b) 2 c) 3 d) 1
2. a) 1 b) 3 c) 3 d) 1
3. a) 1 b) 1 c) 1 d) 3
4. a) 1 b) 3 c) 2 d) 1
5. a) 3 b) 2 c) 1 d) 1
6. a) 2 b) 1 c) 3 d) 2
7. a) 1 b) 2 c) 2 d) 3
8. a) 3 b) 3 c) 1 d) 1 e) 2
9. a) 2 b) 2 c) 1 d) 3
10. a) 2 b) 3 c) 2 d) 1

11. a) 3 b) 1 c) 3 d) 2
12. a) 1 b) 2 c) 1 d) 2 e) 3

Análise

12-20: Paralisia total
Você é a dependência em pessoa. Sem alguém que o leve em seus braços, você não vai a nenhum lugar. Infelizmente, é uma carga pesada demais para esperar que alguém carregue. Faça algumas mudanças significativas ou sua extrema carência vai afundar seus pretendentes.

21-29: Bicicleta com rodinhas
Você está apenas enganando a si mesmo se pensa que é auto-suficiente. Embora você consiga pedalar sozinho, ainda precisa de alguém que o empurre. Tente dar umas voltas sozinho antes de procurar o co-piloto.

30-36: Garupa disponível
Você está preparado para lidar com todas as situações. Desde que não chegue ao extremo de parecer frio e desinteressado, seu ar independente vai atrair um enxame de namorados loucos para provar esse mel misterioso.

Onde os maridos se escondem

Saber o lugar certo onde procurar pretendentes levanta a moral e economiza horas de frustração. Contudo, poucos acham fácil orientar os seus esforços na direção correta. Apesar de haver, hoje, muitos lugares onde gays podem ser achados às pencas, parece que maridos em potencial estão fora de alcance ou simplesmente se escondendo. Como então encontrar o parceiro ideal no meio da floresta escura? Há alguma maneira de tirá-lo da toca?

Primeiro, vamos considerar quais são os terrenos para o encontro. Você não procuraria um carro novo em um feirão de usados, certo? E certamente não escolheria o modelo se o *showroom* fosse escuro a ponto de só poder discernir o perfil do carro na contraluz. Seria uma aposta arriscadíssima. Então por que nos voltamos para os ambientes mais alienantes à procura do que mais nos interessa – nossas relações pessoais?

Claro que eu estou me referindo ao "meio" – termo vago que engloba os bares (onde se caça em meio a drinques e à música alta), as boates (onde se caça em meio à música mais alta ainda) e agora os descolados *lounges* (onde se caça com "estilo", entre coquetéis e ambientação temática). Por anos esses pontos de encontro foram a principal opção para se achar alguém. Você podia se esconder com segurança entre aquelas paredes, no escuro tolerante, em meio a uma comunidade anônima. Bem, os tempos mudaram. Um bar não é mais um evento social, e sim um ritual planejado. Reconheça a importância desses lugares para a história e vá para onde as luzes estejam acesas. Como ele vai achá-lo se você só anda nas sombras?

Embora façam o papel de bode expiatório, bares e boates não são o verdadeiro inimigo. O inimigo é a nossa fé neles como a resposta para as nossas preces. É possível ter uma ótima noite nesses lugares se você só quer se divertir. Mas se a sua real intenção é encontrar alguém – alguém durável –, prepare-se para uma triste decepção. Reconheça esses lugares pelo que eles são: um açougue escuro e barulhento. A conversa, se existe, tende a ser assim: "Meu nome é Saulo", "O quê?", "Saulo", "Paulo?", "Não, Saulo", "Tudo bem, Mauro?" Você se vê comprimido no meio de tanto estresse, expectativa e ansiedade que não é de admirar que os pares se formem rápido, só para escapar dali. Escapar até a noite seguinte, digamos. Os que ficam para trás enfrentam a frustração com comentários maldosos contra tudo e todos. E se você fica até o final, tentando reconhecer aqueles rostos mal iluminados, nem sempre vê coisas exatamente bonitas. Graças aos céus, há outras opções.

Aproveite as ofertas

Esqueça bares e boates enfumaçados e vá onde possa agarrá-lo desprevenido em seu hábitat natural: o varejo. É a oportunidade perfeita. Onde mais você pode encontrar um cara e um modelito para sair à noite ao mesmo tempo? Isso sim é um bom negócio! O comércio é o local ideal para se encontrar um homem. Considere os fatos. São lugares uniformemente iluminados, têm ar-condicionado e seus sapatos não vão grudar no chão nem pontas de cigarro vão grudar neles. Você vai se tornar duplamente glamuroso no meio de todos aqueles heteros barrigudos. E vai ficar surpreso com o número de pessoas que admite a possibilidade de encontrar um marido em plena luz do dia! Com quase zero de competição, você vai poder escolher e selecionar entre os melhores exemplares. (A única ansiedade agora é descobrir qual cartão de crédito ainda dá para usar.)

E o melhor é que você não vai se sentir exposto em meio a uma caçada. Se muitas pessoas não vão a bares porque estão com sede, a maioria geralmente vai às lojas realmente para *comprar*. Caçar é só um benefício adicional, assim como o embrulho do presente. Você não está ali para tirar a sorte e sim para ver as novidades da nova estação. Mas... quem sabe *o que* você vai encontrar em meio aos suéteres dobrados ou à louça importada? A não ser que façam um cabo-de-guerra com uma última peça, as pessoas estão ali amigavelmente, de igual para igual. É o terreno ideal para se caçar marido.

A conversa começa naturalmente, como perguntando a cor que ele prefere. Assim você chama a atenção para si e mostra que respeita sua opinião. Se você não se sente bem em falar alto, outra possibilidade é procurar alguns itens perto dele. Fique observando essas peças com um olhar indeciso. Se ele tiver algum interesse em você, vai tentar ajudá-lo. Jogue as cartas da maneira certa e logo terá um parceiro de compras – se não um paquera. Apenas tenha certeza de que esse não é o departamento feminino, ou muitas explicações vão ser necessárias.

O calibre dos homens varia muito de acordo com a loja. Lojas caras atraem bom gosto e sofisticação. Só tome cuidado com as monas doentes por etiquetas, porque essa patologia por marcas faz com que se tornem maridos inconstantes. São facilmente identificáveis porque estão sempre de óculos escuros, mesmo em ambientes fechados, e exibem um bronzeado de dar inveja até no inverno. Por outro lado, as bibas que vão ao WalMart podem ser deixadas de lado, porque provavelmente estão com a perua *weekend* e toda a família no estacionamento. Ainda assim, tente manter a mente aberta. Mesmo que muitos não admitam, todo mundo faz umas comprinhas baratas de vez em quando. Quando menos se espera, o cara dos seus sonhos pode estar bem ali, comprando umas camisetas de liquidação no Extra para pintar a sua solitária casa de praia. Não que eu sugira ficar naqueles corredores por muito tempo. Afinal, nós todos temos que zelar por nossas reputações.

Enfim, tenha em mente que shoppings são excelentes pontos de encontro.

O que os supermercados já foram um dia para os heteros, shoppings são para os gays de hoje. Entre os inevitáveis bandos de adolescentes e famílias de classe média, um expressivo número de caras bem apessoados passeia por esses templos do consumo. E eu nem estou incluindo os inúmeros vendedores que são, digamos, *super*-simpáticos. Portanto, inclua um marido na sua lista de compras.

Confie em mim, você vai cometer menos erros assim – bem menos. Há muito mais luz aí, e os homens que passam geralmente têm uma profissão. E você pode descobrir muita coisa só pela sacola de compras. Um cara jovem com muitas peças de estilistas famosos não inspira muito crédito. Mas alguém que compra utensílios de cozinha e um jogo de lençóis está tentando criar algo parecido com um "lar". Se você consegue suportar a música ambiente, talvez chegue em casa com a sensação de ter feito um ótimo negócio.

Evite ser o prato do dia

Onde quer que você vá caçar marido, imponha a sua individualidade e o seu nível de exigência, ou você poderá se tornar apenas mais um "prato do dia". Eu sei, geralmente é saboroso, mas por outro lado não traz nada de especial. Mata a fome sem deixar grandes lembranças. E ninguém pede o prato do dia duas vezes em seguida.

Se você vê o amor como algo que pode ser comprado com um ticket-refeição, há muitos que apreciam um lanchinho barato. Mas se ele realmente não vale a pena, fique na sua. Você pode querer um marido, mas tem sua dignidade. Por isso, saiba quando encerrar o assunto. Se é mais conveniente do que promissor, tente de novo. Sempre haverá mais oportunidades à sua frente. O fato de ir para casa com alguém não significa uma vitória. Se você é visto como o bufê de um restaurante por quilo, é óbvio que ele vai provar todos os pratos, principalmente se esta semana o preço baixou. Torne-se algo a ser conquistado e não simplesmente trocado por uma nota de R$ 5,00.

9

O primeiro contato

Você o encontrou – mas não consegue dizer uma palavra!

Todas as relações exigem uma apresentação. Formal ou informal, um contato é sempre necessário se você quer ultrapassar o estágio dos olhares insinuantes. E mesmo pessoas geralmente confiantes acham um bicho de sete cabeças fazer esse contato inicial com alguém que as atrai. De repente, ficamos tímidos e ligeiramente burros. Alguns acham isso tão sofrido que preferem deixar a oportunidade passar a lutar contra o próprio constrangimento. Por que algumas palavras têm esse poder sobre nós, se encontramos novas pessoas todos os dias sem gaguejar ou suar frio?

Bem, em primeiro lugar, damos muita importância ao sucesso imediato da tentativa. A não ser que você diga algo realmente idiota ou broxante, ninguém que esteja a fim vai perder o interesse só porque as suas palavras não o fascinam logo de cara. E, pelo amor de Deus, não é preciso ser um comediante nem dar um pequeno show. Um simples "olá" ou até um "oi" são suficientes. A naturalidade do cumprimento vai deixar os dois à vontade. Sinceridade, e não magia, é o que você deve procurar. Inteligência é uma característica interessante, mas não um trunfo que você vai esfregar na cara dele. E esqueça o mito de que você só tem três segundos para se tornar irresistível. O que você diz é mais importante do que a rapidez com que o impressiona. Mas, por outro lado, você *pode* botar tudo a perder se em tempo recorde soltar uma das frases mais manjadas que existe. Com um riso nada benevolente, ele vai jogá-lo para escanteio, e com razão. No shopping center do amor, geralmente não aceitamos nada que pareça velho e desgastado pelo uso.

As dez cantadas mais bregas

10. Engraçado, parece que eu o conheço! Você é famoso?
9. Você poderia posar para a *G Magazine*.
8. Incrível! Sabe que eu sonhei com *você* a noite passada?
7. Qual é o seu signo?
6. Meu namorado viajou.
5. Isso é *Prada*?
4. Você gosta de música sertaneja?
3. Por acaso nós já transamos?
2. Você tem um rosto tão delicado que parece uma mulher.
1. Espero que você seja maior de idade.

Convide-o para sair

Ok, você foi bem-sucedido e encontrou alguém. Agora, quer dar o próximo passo. "A gente se vê por aí" não é a melhor saída. Também não é bom dizer: "Eu o segui secretamente até sua casa na semana passada. Posso aparecer uma hora dessas?". Por outro lado, não deixe para o acaso, ou ele vai escapulir. É hora de assumir o controle da situação, mesmo que você se sinta vulnerável. Sim, você pode ser rejeitado, mas por outro lado vai *inevitavelmente* perder se não tentar. Desde que não seja trinta segundos depois de encontrálo, convide-o para sair. Nunca se sabe.

Cuidado com os malas-sem-alça

O seu recém-aperfeiçoado carisma vai naturalmente atrair um bom séquito de admiradores. Infelizmente, isso não significa saber

Razões para se consolar caso ele diga "não"

1. Ele já tem namorado. (Eu respeito. Não quero acumular carma negativo.)
2. Ele é cego. (Aquele cachorro na porta do bar não era uma alucinação.)
3. Ele só gosta de caras mais velhos. (E eu ainda estou na flor da idade, ou pelo menos aparento estar.)
4. Ele só dedica o seu afeto a causas nobres, como a extinção do mico-leão-dourado ou do urso panda. (Nada a declarar.)
5. Na verdade ele é hetero e tem – apenas – simpatia pelos gays. (Fácil de confundir! Mesmo assim, ele gostou de ter o ego lustrado.)
6. Ele não tem bom gosto. (E não saberia apreciar minhas qualidades)
7. Ele não se sentiu à minha altura. (Chato ser inseguro. A gente precisa entender.)

separar os desejáveis dos indesejáveis. Quando você se torna o foco das atenções, vai haver momentos em que sua única vontade será, sem dúvida, ficar sozinho. Estou me referindo ao inevitável assédio de malas-sem-alça, sanguessugas e maníacos. E se eles, como conjunto, são inevitáveis, você pode aprender técnicas tanto para mantê-los afastados como para fazer com que decidam jogar seu anzol em outra praia.

Malas-sem-alça e sanguessugas preferem circular em ambientes sociais. Geralmente saem sozinhos, mas às vezes estão com seus comparsas. São como pequenos buracos negros, cuja presença tediosa tende a absorver e apagar tudo à sua volta. Geralmente não dão aviso. Você está sozinho ou conversando com amigos e, de repente, *sente* um deles a seu lado. O alarme que chamamos de intuição dispara, mas antes que você possa fugir ele já está conversando e o encurralando. Encare o desafio ou você vai odiar a si mesmo.

O jogo que eles jogam é simples: querem se associar a você. Querem ser seu melhor amigo ou pelo menos algo parecido. Imediatamente, o seu espaço é invadido e você se vê cercado de perguntas. Os malas-sem-alça não são os piores, mas são os mais insistentes, porque não percebem que os outros não estão à vontade. Já os sanguessugas não ligam se você não está à vontade. Uma diversão momentânea, é isso que você significa para eles. E costumam perguntar coisas pessoais, como: "Você mora perto? A gente podia dar uma passada e ficar mais à vontade."

Boas maneiras não exigem que você ceda o seu tempo para qualquer um. Mas como se livrar desses carrapatos sem apelar para a baixaria? Primeiro, não ceda. Mantenha o controle da situação. Ao invés de deixar que ele se insinue e se aproxime, seja educado, mas continue o seu caminho. Nunca responda às suas perguntas com "E você?", ou ele vai achar que é interesse. Não o apresente a seus amigos ou ele vai se considerar parte do grupo. Se ele *se* apresenta, diga "oi" e prossiga com a conversa. Se ele não perceber a deixa (ou não tiver nenhum orgulho), encaminhe-se com os seus para outro canto. Desde que você não seja passivamente receptivo, a maioria entenderá que você não vale o esforço e vai procurar outro alvo. Se isso não acontecer, ou se o seu desinteresse parecer deixá-lo ainda mais motivado, cuidado! Você arranjou um maníaco no seu encalço.

Um maníaco?

Geralmente ocorre quando você menos espera. É mais comum a gente suspeitar das pessoas em bares e boates, mas a verdade é que maníacos costumam nos perseguir durante o dia, em meio à nossa rotina. Você está passeando, pegando um ônibus ou inocentemente comprando um pãozinho na padaria. Basta que ele o perceba e que você perceba o interesse dele. "Perseguir" significa caçar sem ser correspondido, por razões inexplicáveis. Apesar de sempre haver um perigo real, trata-se muito mais de uma experiência espantosamente enervante. "O que ele está pensando? Será que acha que eu vou chegar até ele e dizer: 'Com licença. Percebi que você está me seguindo. Realmente gosto de caras tímidos e persistentes. Vamos para algum lugar?'"

A única variável que você pode controlar aqui é a *sua* reação. Esteja excitado, com medo ou sentindo qualquer coisa que ele possa notar, não demonstre. Se você decide não jogar o jogo, a perseguição perde metade da graça. Geralmente aprendemos isso da pior ma-

neira. Sim, pois é natural notar tudo o que nos cerca. De certa forma, o nosso radar-gay está sempre ligado. Quando alguém o faz apitar – especialmente onde estamos em minoria – nós espontaneamente olhamos e checamos. Considere isto como uma caça inconsciente. Aquele olhar curioso – mesmo que você diga "Irc!" – pode ser o sinal de que ele precisa para começar sua perseguição. Embora na maioria das vezes o cara se canse, há algumas regras de bom senso para evitar que você o estimule:

    1. Não faça contato visual. Se já é muito tarde, olhe para outro lado e não repita o erro – nem para ver se ele sumiu. Se voltar a encará-lo, ele vai pensar que você está disposto a encarar algo mais.

    2. Se tiver oportunidade, saia e suma de vista antes que ele pense em segui-lo. Dê umas voltas e entre de repente em uma loja qualquer. Não fique em pânico. Eu sei que isso parece um filme, mas lembre-se de que os Freddies Kruegers realmente existem.

3. Se você ficou sem saída, aborreça-o até a morte. Gaste um tempo imenso em um canto qualquer, até ele decidir que você não vale o sacrifício da espera.

4. Nunca sorria. Olhe-o com sua expressão mais bovina, mas apenas uma vez.

5. Coloque o dedo no nariz e faça uma limpeza. Eu sei que não é fino, mas isso deve desencorajá-lo. Caso contrário, comece a ficar assustado.

6. Procure lugares públicos, abarrotados de gente. Agora não é o momento de usar o banheiro masculino localizado no subsolo nem de dar uma volta no parque deserto.

7. Se está perto de casa, não o direcione até lá. Qual vai ser a interpretação distorcida que ele dará à sua atitude? Sua mãe nunca lhe ensinou nada?

8. Não sugiro grosseria. Mas se ele realmente não largar do seu pé e parecer fisicamente não agressivo, mostre a ele o tédio ou a repulsa que ele inspira. Se o truque não der certo, tente fazer uma cena ("O que você está olhando, hein, veado?") e chame a atenção dos outros. Só use o recurso em último caso, pois é constrangedor e ele não vale o trabalho.

10

O primeiro encontro

Sexo

Talvez com a exceção de *Deus*, nenhuma outra palavra de quatro letras inspira tantas reações desencontradas, tantas regras, tantas questões, tantos tabus quanto *sexo*. E isso é especialmente verdade no terreno quase virgem das relações gays. De muitas maneiras, nós estamos livres das amarras sociais, das fórmulas pré-estabelecidas, mas é um erro confundir liberdade com falta de critérios – especialmente quando você está determinado a agarrar um marido.

Você ainda pode ter sexo casual? Claro que pode. Mas se você está surpreso com o fato de todos os seus parceiros só passarem uma noite com você – nunca se tornando o desejado namorado –, talvez queira rever sua estratégia.

Para orientar a procura, siga sempre uma regra simples, mas crucial: nada de sexo no primeiro encontro

Será esse um *flashback* dos anos 50? Ou um princípio remanescente dos primeiros tempos da aids? Não, é só bom senso. É como abrir todos os presentes na véspera de Natal e depois ficar se perguntando porque o Natal é muito menos divertido do que o fizeram acreditar. Sexo no primeiro encontro dá o tom da relação, e é um tom muito *Instinto selvagem* para construir algo em cima. A química sexual nunca vai deixar de ser uma grande vantagem, e tesão é uma coisa normal. Ninguém quer que você negue os impulsos que estão aflorando; apenas decida não agir em função deles *agora* – ou

pelo menos não no *primeiro* instante. Você quer que ele goste de você e o *conheça* – e não que ele apenas o deseje – antes de mergulhar nos lençóis.

É difícil não confundir uma nova relação com sexo se é só isso que pinta no primeiro momento. Num mundo ideal, deveríamos saber distinguir o prazer descompromissado do sexo que quer dizer: "Gostei de ter te encontrado. Vamos nos conhecer mais." Mas, na realidade, se não houve tempo suficiente entre o encontro e o ato, até a noite mais gostosa e bem-sucedida vai ser confundida com uma "brincadeira". Mesmo sem nunca ter pronunciado as palavras "Isto é apenas casual", essa frase vai ser presumida por um dos dois, ou por ambos. O mínimo que pode acontecer é você ficar imaginando que foi usado, ou vice-versa. E insegurança não é a melhor base para se construir alguma coisa.

Eu considero o primeiro encontro como o tempo que decorre entre o cumprimento inicial e o "Boa noite!". É o inesperado primeiro "encontrão", digamos assim. Vocês ainda estão naquela importante fase do "vamos nos conhecer melhor". Em outras palavras, isso significa que, se você encontra alguém em um bar ou uma festa, é melhor não levá-lo para casa naquela noite. Até que o sol possa nascer e se pôr de novo, permaneça na zona do não-sexo. Se ele não pode respeitar esse tempo, você acredita que ele tem intenções a *longo prazo*? Eu duvido.

Fique tranqüilo, você vai ser recompensado pela sua paciência. Um interesse que tem a oportunidade de amadurecer vai se tornar mutuamente mais forte, e a relação vai ser mais apaixonada. É o resultado de investir de fato em outra pessoa, o que exige mais que um drinque e uma rápida conversa. A verdade é que sexo é uma coisa fácil. Encontrar alguém com quem você gostaria de ter essa experiência mais de uma vez é que é o desafio. Esperar até o primeiro e autêntico "encontro", em que os dois estarão lá por causa um do outro, vai aumentar suas chances, ou pelo menos dar o tempo de saber se *essa* é a direção que você quer seguir.

Lembre: não fazer sexo como se o mundo fosse acabar amanhã deixa você mais centrado. Ao invés da ansiedade de pensar "Devo atacar agora?", você vai ficar livre para perceber o que está em jogo. Ninguém quer que você seja pudico. Não há nenhuma lei rígida que determine quando incluir sexo no programa. Seja no primeiro encontro *romântico*, seja depois de várias semanas, pelo menos você terá uma idéia mais clara das razões que o fazem gostar dele e se vale a pena mantê-lo a seu lado a longo prazo.

Hiv + ou – ?

Já que estamos falando de sexo, precisamos nos referir à importante questão do hiv. Se você é hiv-positivo, ou hiv-negativo, ou se está incerto quanto à sua sorologia, mais cedo ou mais tarde vai pensar em trazer o assunto à baila – e em *como* fazê-lo. Logo depois da transa ou no cartão de seis meses de namoro não são ocasiões recomendáveis. Para evitar um quadro de ressentimentos, *sempre deixe claro qual é a sua condição quanto ao hiv antes de se envolver sexualmente.* Isso não significa indicá-la no seu crachá ou desviar o rosto quando ele tenta beijá-lo. Apenas significa jogar limpo (e esperar que ele faça o mesmo) em uma situação na qual qualquer um dos dois poderia estar correndo risco. Apenas aderir às camisinhas não é suficiente. Além das preocupações com a saúde, essa regra existe para protegê-lo emocionalmente. Se um dos dois tem algo a declarar, é melhor saber logo de tudo de forma direta do que ouvir confissões apressadas depois. Claro que é complicado, mas qualquer constrangimento vale a pena para ter a consciência tranqüila. Além disso, se seu esforço de ser sincero incomodá-lo tanto assim, você ficará melhor *sem* ele.

A primeira saída

Sempre existe uma inevitável formalidade na primeira saída a dois, mas se você entende qual é o propósito básico da situação, vai conseguir não apenas sobreviver como emergir satisfeito da experiência. Primeiros encontros são como entrevistas para se conseguir emprego, com a diferença de incluírem um drinque ou um café. É um teste de compatibilidade. Algumas horas juntos e você vai saber se quer conhecê-lo melhor. Estão em jogo as primeiras impressões. A recomendação número um é simples: seja você mesmo. Seja você em sua melhor forma. E não espere menos dos outros.

O que fazer?

Aquele que tomou a iniciativa de fazer o convite ficou naturalmente responsável por planejar o encontro. Isso não é tão estressante como você imagina. Escolha um lugar público que não impossibilite uma boa conversa. Um jantar à luz de velas na sua casa pode parecer romântico, mas é ousado demais para um começo. Ninguém deveria ter uma vantagem tão óbvia logo de início. A verdade é que primeiros encontros – gays ou heteros – oferecem poucas opções. Mesmo assim, há sempre o jeito errado e o jeito certo de fazer as coisas.

Primeiros encontros típicos: cinema; jantar fora; café; drinques; dançar.

Cinema

Desde que o personagem principal não seja um coelhinho, um ratinho ou a Xuxa, filmes são sempre uma idéia agradável para todos. Contudo, são uma escolha lamentável se não vêm acompanhados de um outro programinha logo depois. Afinal de contas, depois que as luzes se apagam, você poderia até estar com o cara que está sentado do *outro* lado. No escurinho do cinema, o máximo que você vai aprender é se ele prefere jujuba ou tic-tac. E se você tentar conversar, as pessoas vão dizer "psssiu!" com razão, ou até mesmo "Cale a boca!" Você vai se calar, humilhado, ou vai tentar responder à altura, dizendo que só está tentando conhecer melhor seu novo namorado, e a gritaria no cinema vai continuar. O cara então talvez se levante para comprar pipoca e depois de meia hora você perceba que ele não pretende voltar.

Jantar fora

Jantar fora é a melhor opção para um primeiro encontro porque oferece uma estrutura em que muitas possibilidades de conversa se abrem. Desde que não seja no McDonald's ou no carrinho de cachorro-quente da esquina, não há muito como dar errado. Logo vocês estão se olhando nos olhos e roçando joelhos sob a mesa. Apenas não se queixe da comida nem brigue com os garçons. Seja compreensivo, não agressivo, e nunca declaradamente hostil. Se você fica possesso porque a cerveja não veio gelada, ele não vai querer saber como você reagiria aos erros que *ele* poderia cometer – como convidá-lo para sair de novo.

Café

Encontrar-se para um café parece ao mesmo tempo simples e sofisticado, mas se ficar só nisso ele pode entender que tudo não passou de um *test-drive*. É como dizer: "Bem, se eu me decepcionar, pelo menos não vai durar muito." Apesar de ser bom ter essa escapatória com certas pessoas, dê a ele o benefício da dúvida, reservando mais tempo do que o necessário para um café. Você não quer que ele se sinta "esmagado" entre os seus compromissos. Todo mundo sabe que quando queremos ver alguém sempre "inventamos" tempo.

Se não for um café da manhã, ou apenas como a saideira, deixe o café na garrafa térmica.

Drinques

Bebericar coquetéis é uma forma de se socializar e relaxar. A não ser que você tenha a tendência de ficar meio chapado ou barulhento, drinques podem complementar uma refeição ou ser a chave de ouro de um programa. Mas, seja como for, *não vá com ele a um bar no primeiro encontro*. Você sabe, é o mesmo que levar sanduíche em festa. Não importa o que leve consigo, alguma outra coisa sempre vai ser mais apetitosa. Ninguém precisa de tanta distração e competição já no primeiro encontro. Não desperdice sua oportunidade logo de cara.

Dançar

Apesar de todo mundo gostar de uma agitação, *não vá a uma boate no seu primeiro encontro*. Sem contar o olho gordo de todos os presentes, será uma experiência enervante até para o encontro mais promissor. Quando as luzes relampejarem e a música tomar conta de tudo, você vai se perceber fazendo coisas cretinas para impressioná-lo – como incorporar os passos do John Travolta em *Nos tempos da brilhantina*, por exemplo. Ou pior, você vai se tornar o espelho dele, copiando cada um dos seus movimentos, ou vai encurralá-lo contra a parede usando o poder da sua pélvis. E quando estiver no centro da pista de dança, com a insegurança típica de primeiros encontros e suor pingando nos olhos, não vai ser fácil parecer interessante. Além disso, dançar em uma boate quente e suarenta é inegavelmente erótico. Mas ver o seu parceiro tentar entrar no ritmo *tecno* com passos do cha-cha-chá não traz nada de erotismo. Enquanto você se entusiasma e mergulha em uma *Flashdance*, ele vai passo a passo se aproximar da saída até que possa dar um pulinho e cair fora.

> **Coisas que não devem ser citadas no primeiro encontro**
>
> 1. Mamãe. (Mais de duas vezes é suficiente para ficar cismado.)
> 2. Ex-namorados. (Rancor nunca é bonito.)
> 3. O fato de que sua vida é uma droga. (Não é um convite encorajador.)
> 4. Histórias de saídas-do-armário traumáticas. (Cicatrizes psicológicas não desaparecem facilmente.)
> 5. Histórias de quem só pensa em trabalho. (Que tédio!)
> 6. Julgamentos sobre a vida de outros gays. (Ele vai dizer que está atrasado e pedir a conta...)

Tipos (infelizmente) inesquecíveis

Se você descobre que o cara com quem está saindo é um desses tipos, reconsidere.

O romântico

Ele é, digamos, o Roberto Carlos da cena gay, o cara que absorveu todas as idéias românticas que fazem a glória das revistas femininas e dos romances açucarados. Nada é muito demodê ou clichê para esse "amante à moda antiga". No segundo encontro, ele já terá escrito poemas ardentes e vai cobri-lo de cartões esfuziantes, além de empanturrá-lo de chocolates. Para criar o clima, pelo menos uma dúzia de velas aromáticas vai estar acesa. De repente, ficar excitado poder significar risco de incêndio. Mas romantismo verdadeiro não é assim – é inesperado e doce. Desculpe, Romeu.

Sinais exteriores: uma longa e penteada juba e uma coleção dos grandes sucessos do Barry White ou da Joana.

O complicado

Este tipo é o rei dos sinais trocados. Para cada passo à frente, são dois passos para trás. O primeiro encontro é mágico. Ele o impressiona; ele o seduz. Ao dar o beijo de despedida diz: "Você é o máximo. Posso ligar para você amanhã?". Mas isso não acontece nunca. E quando você consegue driblar a secretária eletrônica, ele explica que estava doente. Logo em seguida seus amigos o vêem na noite, dançando. Ele confessa que melhorou, mas diz que sentiu muito a sua falta. Fuja dessa mente perversa e manipuladora, ou será como ficar preso em um chuveiro pelando de quente, depois gelado, depois quente de novo, de forma que você nunca está confortável. Se ele gosta de jogos mentais, dê-lhe um quebra-cabeças de dez mil peças e suma.

Sinais exteriores: ele é órfão, herdeiro de uma fortuna, ou o mais jovem de dez irmãos acrobatas, dependendo de quem pergunta e por quê.

O difícil

Estou falando daquele cara manhoso que é também um provocador de mão-cheia. Está sempre vigilante e seus olhos passeiam pelo ambiente à procura de alvos. Todos querem conhecê-lo, mas ninguém consegue chegar a tanto. Ele é exclusivo. E você não fica surpreso quando ele se aproxima e demonstra interesse por... *você*? Quando começa a se acostumar com as suas risadas, seus tapinhas nas costas e suas frases de efeito, você resolve convidá-lo para sair. Ele está ocupado, infelizmente. Sim, na próxima semana também. Você pede o número de telefone, mas ele dá um jeito de ficar com o seu. O telefone não toca. Você o encontra de novo e ele se mostra exultante por vê-lo. Outra semana cheia. Talvez no mês que vem.

Esqueça. É um jogo eterno de oferecer para depois tirar. O único estímulo que ele tem é poder esnobá-lo. E não se deixe enganar pela energia envolvente que há entre vocês. Não é uma atração romântica, apenas a tensão magnética do seu campo de força.

Sinais exteriores: ele finalmente oferece o número de telefone, mas quando você liga alguém pergunta qual pizza você vai querer.

O encosto

Ele é um companheiro incansável, sempre ao seu lado. No começo você gosta. Ele é tão atencioso. E tão protetor. Ele liga o tempo todo só para saber como você está indo na ausência dele – o que chega a ser engraçado, porque ele raramente lhe dá tempo para respirar. E, realmente, agora que você começa a pensar nisso, a presença constante desse cara está começando a dar nos nervos. Talvez você peça um pouco de espaço. Talvez ele decida não ouvi-lo. Talvez o seu coelho de estimação apareça esganado um belo dia. E você começa a se sentir preso em um filme de horror.

Sinais exteriores: descobrir que ele prefere a sua foto com a cabeça cortada.

O namorado instantâneo

O namorado instantâneo segue o princípio de que um encontro equivale a uma vida em comum. É primo em primeiro grau do encosto – só não costuma fazer despacho. Quando você o encontra, ele parece super normal e charmoso. A surpresa vem depois de algumas horas de conversa e um cinema, quando ele já é "eternamente seu". Seria até um grande elogio, se não fosse tão precoce. Mas você descobre que ele não tem noção do que seja "vida" ou "tempo" antes de encontrá-lo. Ele até começa a rememorar "Aquele dia em que nos encontramos..." e você diz "Ontem?" As coisas se sucedem num ritmo vertiginoso. Como surpresa pelo aniversário de uma semana de namoro, ele manda bordar as iniciais do casal em toalhas de banho. Tudo o que acontece precisa ser fotografado para o álbum da posteridade. Ele faz planos para as próximas três férias. É sufocante. Quando você liga para dizer que o terceiro encontro talvez não seja uma boa idéia, a secretária responde: "Não estamos em casa. Deixe seu recado e ligaremos de volta." E ele mora sozinho... Peça o divórcio. Ele vai perdoá-lo e esquecê-lo assim que arranjar outro pretendente.

Sinais exteriores: ele informa qual o tamanho do seu dedo anular no segundo encontro e diz: "No caso de você estar curioso."

O bom companheiro

Toda a atenção do bom companheiro é apenas um disfarce para o seu masoquismo. No começo ele parece generoso e cavalheiro. Há sempre um guarda-chuva aberto, um táxi esperando ou uma reserva para dois em um restaurante – tudo idéia dele. A vida se torna fácil, até que você percebe que tem não um namorado, mas um serviçal. Você sugere que ele relaxe, mas ele não consegue parar quieto. Seu único prazer é agradá-lo. "O que *você* gostaria?", você pergunta. Ele não sabe o que responder. Olha perdido em volta como resposta. Você nunca vai respeitá-lo se ele não agir por si mesmo. Ter tanto poder assim parece um privilégio, mas logo se torna cansativo. Entregue-o a uma casa de caridade. Eles podem cuidar dele, ou vice-versa. Você precisa de um parceiro à sua altura, não de alguém que vá correndo buscar o jornal.

Sinais exteriores: já vem com o próprio capacho.

O polvo

O polvo sempre se sente à vontade para agarrar você onde quer que seja. Ele o cumprimenta e se despede com um abraço tão intenso e demorado que por algum estranho motivo você se sente violado. Tocar é sua maneira de delimitar território. Mesmo no primeiro encontro, essas mãos incansáveis vão fazer você se sentir como um legume sendo apalpado. E não é nem mesmo uma tortura privativa. Ele usa as técnicas mais constrangedoras, como tatear, acariciar, manipular, na hora do jantar. Quando você diz: "Tire as mãozinhas, por favor", ele ri com desdém: "Nossa, que nervosinho!" Talvez ele não queira o mal de ninguém, mas está se aproveitando ao máximo da sua companhia. A não ser que você seja um exibicionista, ensine-o a se comportar melhor. Você pode ser um tesão, mas não é preciso que todo mundo fique sabendo. Se você conseguir se desprender do seu forte abraço, aproveite para se livrar dele também.

Sinais exteriores: sabe exatamente como você é sem roupa, mesmo que nunca o tenha visto pelado.

O criançăo

É o cara que nunca cresceu. Quantos adultos gritam "oba!" quando você aceita ir comer no McDonald's? Ou vão correndo pedir o McLanche Feliz pensando no brinquedo surpresa? Se ele tivesse um programa na tv, seria certamente de manhã. Há uma alegre inocência em seu jeito de ser. Tudo que vocês fazem parece novo e diferente. O paraíso é um *sundae* com calda quente de chocolate e muito chantilly. O que é divertido, desde que você ignore alguns senões, como seu constante uso da expressão "fazer pipi" ou o fato de o quarto dele parecer mais infantil do que o *seu* quarto quando você era criança. Enquanto ele sempre tem de mostrar a identidade para entrar no cinema, você começa a ganhar descontos para aposentados. Ninguém acredita que vocês têm a mesma idade. Pois antes que achem que você é pai dele, deixe-o livre para brincar com outro garoto. Além disso, não é agradável ir ao zoológico tantas vezes seguidas.

Sinais exteriores: colcha com estampa do Mickey ou do Rei Leão, e todos os acessórios combinando.

O clone

O clone não tem personalidade até que ele encontra o seu parceiro. Você não consegue se lembrar do que o atraiu nele. O que estava usando? Como ele era mesmo? Quando você se vira para ele agora, tudo o que vê é a si mesmo. Você não é tão narcisista assim e é irritante notar que ele começou a se vestir como você. No começo, você dizia: "Legal essa calça. Tenho uma igual." Depois, foi assim: "Que engraçado! Decidimos usar o mesmo modelo hoje." Agora o armário dele é uma cópia do seu. Ele só ouve as músicas que você curte. Ele pensa como você. Nunca há uma discussão ou briga a respeito do controle remoto. Você chega, de repente, em casa de fininho para ver se ele está "desativado" na sua ausência. Mas o fato é que não é nada saudável mimetizar a personalidade de outra pessoa. Apesar de você ser maravilhoso, um clone não vai enriquecer a sua vida. Deixe esse fantasma assombrar outra pessoa. Além do mais, uma réplica nunca vale tanto quanto o original.

Sinais exteriores: ele sinceramente não consegue se lembrar de nada do que aconteceu antes de encontrar você – ontem.

O louva-a-deus

O louva-a-deus é a variedade gay da viúva negra. Assim que se acasala, abandona a presa e continua o seu vôo. Talvez você não tenha sido "comido" literalmente, mas vai se sentir como uma sobremesa. O sexo para ele é um esporte impiedoso antecedido por sedutores e bem-planejados rituais. Ao mirar em você, ele consegue ser bem charmoso. Mas o romantismo e a atenção são apenas a entrada para a bela refeição que logo vai acontecer – e adivinhe quem vai matar a fome? Não espere ser convidado para um momento mais *relax* ou para o café da manhã. Você só vai ver a sua arapuca amorosa uma única vez. E obrigado por ter vindo.

Sinais exteriores: encontrar uma lista de nomes grudada na geladeira – sendo que o *seu* já está riscado.

11
Regras básicas do namoro

Nunca admita que ele lembra alguém

É comum notar um traço em seu pretendente – um olhar pensativo, uma risada alta, um meio sorriso – que lembra de imediato alguém que você conheceu. Ou talvez namorou. A semelhança vai pular na ponta da sua língua. Engula tudo ou o detalhe vai se transformar na semente de uma neurose. Se você der a dica, nenhuma resposta vai ser suficiente para matar a curiosidade depois que ele perguntar: "Quem?"

Não pense que "apenas um amigo", "um cara que eu conheci" ou, pior ainda, "um imbecil que me deu o fora" vão livrar a sua cara. Pelo contrário, vão comprometê-lo ainda mais. Antes que você possa cantarolar a música tema de *Priscila, a rainha do deserto*, ele vai estar obcecado com seu antecessor. "Como era ele?", "E como é agora?", "Que outras coisas temos em comum?" Ele vai ficar paranóico em busca de respostas. Você gosta dele ou da semelhança? Você o está usando para substituir alguém? E mesmo que as perguntas se dêem só em pensamento, você vai notar algo estranho. Talvez ele adquira um tique nervoso quando observado ou pergunte "É esse? O meu irmão gêmeo?" a cada vez que ouvir um nome. Em breve você vai ter de renunciar a ele, mesmo porque o seus repentes estão ficando muito esquisitos. Limite-se a elogios, esqueça as comparações e ambos serão poupados de um belo desgaste.

Não conte a história da sua vida em uma sentada

Apesar de todos os detalhes escabrosos de como seu primo engasgou com um cachorro-quente durante a final da copa em que o Brasil enfrentou a França serem fascinantes, deixe-os para o segundo ou o terceiro encontro. Ou melhor ainda, para a comemoração de um ano de namoro. O lado bonito dos novos relacionamentos é que todas as suas histórias velhas se renovam mais uma vez. Ele ainda não ouviu a sua dramática narrativa de como você foi expulso da Disneylândia por ter brigado com a Branca de Neve, ou de como foi perseguido por um pastor alemão que queria abocanhar a sua lancheira. Há mil casos para contar, eu sei. Se ele está ouvindo, a tentação para contar *tudo* é muito grande. Mas resista.

Se você contar todas as suas histórias agora, vai se arriscar a ficar sem assunto, ou sem voz, além de aborrecê-lo. Dê a ele uma chance de dividir o momento presente antes de se aventurar nos confins da memória. Um primeiro encontro não deveria exigir uma árvore genealógica ou o seu currículo. Ele precisa conhecê-lo melhor antes de saber da tia Maria, do tio Zico ou da garota que trabalha do seu lado. Não o force a ser educado. Ele não vai voltar para uma segunda tentativa. E pense na confusão que vai causar se no segundo encontro você estiver bem menos efusivo. Como ele vai saber que o motivo não é ele, e sim o fato de o assunto ter acabado? Como precaução, tudo o que você precisa é se conter um pouco. A conversa deveria fluir, e não transbordar de você. Assim, ele vai estar atento, e você vai poder contar aquelas maravilhas aos poucos, como nos contos das *Mil e uma noites*. Mantenha a calma, e logo ele vai estar morrendo para ouvir mais um pedaço da sua vida – desejando também se tornar parte dela.

Vá a lugares não-gays para variar

Eu não estou sugerindo uma visita ao bar dos motoqueiros ou ao bar das putas, mas uma escapada providencial do mundo gay pode compensar o choque. Uma saída não-gay não significa levar a irmã dele a tiracolo, mas se divertir de uma maneira diferente, em um lugar diferente. Seja no zoológico, num salão de sinuca, num concurso de poesia lésbica ou num piquenique em um lugar inesperado, o objetivo é arejar a cabeça e, se possível, ser o único casal gay do pedaço.

O que você ganha, além de se sentir deslocado? Bem, não haverá necessidade de poses, e os únicos competidores serão o pessoal do serviço ou o vendedor de cachorro-quente. A novidade funciona como pequenas férias. Os dois vão relaxar e deixar vir à tona suas verdadeiras personalidades. E, acima de tudo, é uma oportunidade de dividir coisas sem reparar como as pessoas em volta são interessantes. É salutar dar um tempo na caçação pelo menos por um período suficiente para discernir *quem* está do seu lado. É muito mais fácil ignorar a pressão do meio quando você já sabe o que tem nas mãos.

É claro que eu não recomendo uma vida clandestina para sempre. Se a sua vida social gira em torno da quermesse da igreja e do jardim botânico, não fique surpreso por ir a esses lugares sozinho. Ao invés disso, considere seus passeios como um exercício que vai fortalecer vocês dois como casal capaz de crescer tanto fora quanto dentro da cena gay. Além disso, nós sentiríamos a sua falta se vocês passassem o tempo todo jogando minigolfe. E, bem, ficaríamos muito preocupados.

Não leve amigos a seus encontros

Parece uma boa idéia. Você tem o benefício de um encontro romântico e a segurança de uma presença conhecida. É uma saída com apoio moral garantido. O arranjo é reconfortante – uma noite quase rotineira com o acréscimo de convidados opcionais que você poderia beijar. Mas antes que você reserve uma mesa para quatro, vamos repensar a estratégia de namoro que aprendemos no ginásio.

A presença de outro casal – especialmente se dividindo um primeiro encontro – é um chamariz para o azar. É muito cedo para companhia. Em vez de dois casais alegres, vocês serão um quarteto claustrofóbico. Esqueça a espontaneidade quando qualquer decisão exige uma mini assembléia. Só para marcar o evento ou concordar a respeito do local será necessário um grande esforço diplomático. E depois das apresentações, os limites vão começar a se esgarçar. Goste ou não, você vai começar a competir com seu amigo. Mesmo que inconscientemente, vai pensar: "Quem é mais atraente? Quem provoca mais risadas? Quem realmente gosta de quem, aqui?" Talvez o seu namorado seja um bocó, ou talvez o seu amigo tenha dado azar com o namorado dele. Logo você vai se questionar se o seu suposto amigo está prestando atenção demais ao *seu* lado do campo. São apenas bons modos ou uma invasão?

Inevitavelmente, um dos quatro não vai se aclimatar, e vai arrastar os outros para baixo. Você certamente não quer ser essa pessoa. Depois, um novo namorado não vale o preço de perder um velho amigo. Mantenha seus amigos à frente, mas ao mesmo tempo separados de sua última aventura. Você precisa de alguém que o ajude a avaliar suas chances, e não a quem possa culpar pelo fracasso.

Mande flores

Mandar flores pode parecer antigo ou fora de moda, mas é um método consagrado de garantir a atenção e fazer a balança pesar para o lado do romance. Imagine a inveja dos colegas de trabalho dele quando o entregador chegar com o buquê. A não ser que ele seja ultratímido, vai gostar da atenção especial e ligar imediatamente para agradecer.

É claro que você pode entregá-las pessoalmente. E não importa se é um buquê de rosas vermelhas ou uma orquídea. Trata-se de uma surpresa agradável. Apenas não exagere. Estou falando de um presente básico, não de uma corbelha de lírios ou algo que pareça ter sido roubado de um cemitério. Como mamãe costuma dizer: "É a lembrança que conta." Mas é claro que se ele traz consigo uma florzinha qualquer – que por pouco poderia ser confundida com uma erva daninha –, livre-se dele imediatamente.

Deixe ele dizer "Eu te amo" primeiro

É uma questão de tempo. Nós sabemos que você é adorável, mas ele não precisa confessar isso no primeiro instante em que os olhares se cruzam (ou logo depois da primeira transa). Mesmo o maior romântico do mundo sabe que cedo demais equivale a sinceridade de menos.

Pode ser ainda mais difícil quando você gosta dele desde o início e quer desesperadamente dizer o que sente. A não ser que ele esteja deixando o país na manhã seguinte (e não pretenda voltar tão cedo), resista à tentação. Uma declaração precipitada é um final garantido.

Para evitar esse percalço, sugiro que você siga estritamente o plano a seguir.

1. No primeiro dia, ame um objeto inanimado: "Eu *adorei* essa jaqueta!"

2. No primeiro encontro romântico, ame um detalhe dele: "Amo a cor dos seus olhos!"

3. Depois do segundo encontro, ame sua companhia: "Eu gosto muito de estar com você."

Se você segue esses passos, fica parecendo encantador em lugar de desesperado. Vá em frente e enfeite a sua conversa com eufemismos para amor, como "gostar", "gostar muito", "gostar cada vez mais". No fim, ele vai assimilar a mensagem, e se colocar. É claro, existe sempre a possibilidade de ambos estarem seguindo a mesma regra. Neste caso, ofereço uma saída. Aquele que conseguir amar do fundo do coração quando o outro estiver com remela nos olhos ou com um terrível mau hálito matinal pode declarar seu amor. Se isso o assusta ou o indispõe, esqueça-o. Quem é que precisa de um bandido sem coração?

Pratique seus beijos

Um beijo bem dado é capaz de ressuscitar os mortos. Você tem o poder de acender a paixão com um simples pressionar de lábios e o suave roçar da língua. Quando um beijo funciona, as emoções disparam, e seus corpos despertam. Mas se é ruim – ou simplesmente horrível – pode se tornar o beijo da despedida. Não importa que você seja fascinante, ele vai recuar sempre que seus lábios se insinuarem na direção dele.

Talvez isso aconteça porque não havia muita prática de beijos entre homens na nossa adolescência (as fantasias sozinhas não são instrutivas), e agora temos de conviver com uma epidemia de beijos podres. Se você encontrar um bom beijador, então tirou a sorte grande. Beijar é parecido com dançar. Você pode imitar cada movimento do seu parceiro. Apenas se lembre de dois pontos: não é tarefa sua remover as placas bacterianas dos dentes dele, nem use a boca do parceiro como um descanso de língua.

Peça para ele descrever a casa dos seus sonhos

Eu admito que isso seja uma artimanha, mas você vai aprender muito sobre a compatibilidade dos dois ao longo de uma relação. O lugar em que ele mora hoje pode ser limitado pela renda ou pela localização, portanto não é um indicador seguro do que ele quer. Deixe que ele se entusiasme e leve você para passear nos quartos de sua fantasia (quem não gosta de gastar o dinheiro que não tem?), mas faça anotações mentais.

Idealmente ele vai descrever um refúgio que você adoraria chamar de lar – feito sob medida para os dois. Mas você também poderia se chocar com seu gosto por veludos, crepes e babados, além da sua secreta paixão pela cor lilás. Embora nada disso deva afugentá-lo (há sempre mais de um cômodo para dominar – quero dizer, decorar), há algumas exceções.

Se essa casa dos sonhos fica do lado da casa da mãe dele, ou se ele quer uma casa no campo, sem encanamento e eletricidade, talvez vocês devessem ser só amigos por correspondência. E não diga depois que eu não avisei.

Evite comida exótica no primeiro encontro

As primeiras impressões são cruciais no primeiro encontro. Seu objetivo é embasbacá-lo com seu charme, suas boas maneiras e uma conversa inteligente. Para criar esse encantamento, você vai precisar de um ambiente favorável. Mas por mais que você adore o charme étnico, fique longe de restaurantes exóticos. Comida exótica é imprevisível demais e recheada de insuspeitados perigos. Imagine a sua cara quando não souber pronunciar nenhum prato do menu (que também não inclui números). Você pode acabar pedindo algo intragável. Um grande e exótico prato pode tornar o jantar uma experiência maçante e interminável. E se você comer tudo, pode ter uma reação. Ninguém quer ser lembrado como o cara que passou metade da noite no banheiro. Então, se você quer que ele diga: "Foi ótimo" em vez de "Tem certeza de que você está bem?", escolha algo seguro – como pizza.

Controle o impulso de dar presentes

Não é mera coincidência que relações acabem justamente um pouco antes de datas comemorativas como aniversários, bodas etc. Apesar de serem momentos estressantes por natureza, eu acredito que não é a ocasião em si, mas a pressão de dar presentes que consegue matar a relação. Todo mundo conhece o clássico medo do compromisso. Vamos examinar agora o menos conhecido medo da reciprocidade.

Quando você gosta muito de alguém, quer demonstrar isso a ele através de um presente. Algo pequeno e singelo como um cd, seu livro favorito, um pônei ou um Porsche. Dependendo da renda, ou do seu crédito no banco, estar bobo de amor pode levar você a um estado de absoluto descontrole financeiro. Até vale a pena quando o resultado é um rosto iluminado de surpresa e alegria. O que você não nota é o pânico e depois a resignação que ele sente. Isso poderia custar ainda mais caro do que você pensa. Nunca seja esbanjador demais, ou ele vai pensar "Nunca vou conseguir fazer frente a isso", e ironicamente vai dar o fora antes que você tenha a chance de se decepcionar.

Seja especialmente cuidadoso se você tem uma natureza tanto romântica quanto compulsiva. O amor leva você a fazer coisas loucas como entrar no cheque especial para pagar uma viagem e jantares caros toda noite – que você oferece, claro. Mantenha o autocontrole ou você vai ficar com a cama e a carteira vazias. É claro que se você reutiliza cartões antigos ou se dá um aperto de mão pelo aniversário dele não deve mesmo esperar muita coisa em troca além de um chega-para-lá. O que você queria, meu rico amiguinho?

Escreva um bilhete meigo
(Mas não uma carta de dez páginas)

Se as coisas continuarem indo bem depois de alguns encontros, você pode sentir a necessidade de comunicar a ele a sua felicidade. Eu sugiro que você escreva ao invés de dizê-lo diretamente. Com papel e caneta, há menos risco de balbuciar coisas sem sentido ou escolher as palavras erradas. E, se isso acontecer, há sempre uma borracha à disposição.

O segredo é manter o estilo pé-no-chão e conciso. Fique só com uma página ou com o espaço de um cartão, assim você limita a possibilidade de grandes estragos. E lembre-se, é importante controlar-se. Palavras demais, cedo demais, são como uma roleta russa. Você quer mostrar que gosta da presença dele, e não que poderia se tornar um assassino descontrolado caso seus desejos não fossem satisfeitos. O ponto aqui é enviar uma lembrança sua, e não uma prova que ele possa apresentar na polícia, mais tarde.

Acima de tudo, agora não é hora de propor qualquer tipo de compromisso. Mesmo que ele esteja pensando (e agindo) de acordo com isso, ver o pedido impresso vai parecer oficial demais. Homens – gays e heteros – são famosos por agirem de forma irracional quando se trata de proteger a sua idéia de liberdade. Por enquanto, contente-se com o romantismo – mas não acrescente muito açúcar ou você vai melar tudo.

Descubra as preferências dele na cama

Sexo bem feito não é uma equação matemática com uma única solução. Sem dúvida podemos conversar horas sobre o que gostamos, o que fazemos e como fazemos, mas a realidade é governada por uma variável imprevisível – a química. Para começo de conversa, desafie a velha e desgastada fórmula: "Eu sou ativo" e "Eu sou passivo". Vocês dois são pessoas, não peças de um jogo de encaixe. E há sempre mais de uma combinação possível. Mesmo que você escolha a sua favorita, por que afugentar metade da população? A verdade é que a química muda. Nós somos bem menos rígidos do que geralmente admitimos. Se você encontra um cara de que você realmente gosta, nunca o entreviste sobre suas posições favoritas só para saber se você pode co-estrelar o show. Aliás, nem tente imaginar respostas. Isso pode levá-lo na direção errada. Até que vocês estejam se beijando e deixando os hormônios atuarem, nenhuma resposta vai ser conclusiva. Vocês precisam criar a energia, antes de decodificá-la. De outra forma, você pode acabar se vendendo barato.

É claro que nem todo mundo é compatível. A não ser que você confunda a cela sado-masô com uma sala de ginástica, ou as amarras e correntes que ele guarda com uma rede, um certo mistério sempre é estimulante. Dê à paixão o benefício da dúvida, além de sua fértil imaginação, e o prazer vai ser maior. Só dessa maneira você pode se valer da matemática. Se você se mostra flexível, suas opções vão dobrar. Assuma o risco. Você sempre pode dizer não.

Fique para dormir depois do sexo
(Se quiser vê-lo no dia seguinte)

Você pode achar essa regra rígida demais, mas ele vai se sentir bem mais enamorado se acordar abraçando você em vez do travesseiro. É comum sentir uma urgência irracional de vestir-se e escapar – mesmo da melhor noite de sexo. Seja devido a um pudor latente, à imaturidade ou ao fato de o pijama ter ficado em casa, nós geralmente não estamos preparados para dormir fora. Mas antes de pular na direção da porta, pergunte a si mesmo: "Foi só uma transa ou é uma possibilidade?" Se há esperança para um simples café da manhã, dê um tempo e fique. Senão ele vai achar que você realmente está "dando um tempo".

Por que uma dormida em uma cama estranha é tão importante? Orgulho. Se você mergulha na cama dele no calor da paixão e en-

gatinha ou pula para fora depois de satisfeito, o que isso significa? Seja verdade ou não, você talvez não perceba os sinais estridentes que está enviando: "Eu não gosto de você *tanto* assim. Prefiro quando está na penumbra, ou melhor ainda, no escuro. Isso é um encontro, não uma relação. Seus lençóis são baratos, e a decoração não me agrada muito." Quando você liga no dia seguinte e ele está ocupado, dá para ficar surpreso?

Se você quer vê-lo mais vezes, tem de acordar *com* ele. Do contrário, você perde um dos melhores e mais significativos rituais de um casal: o beijo de bom-dia, o calor do corpo dele em um aconchego semiconsciente, o prazer de um café da manhã continental feito especialmente para você. Sim, o seu cabelo é uma obra geometricamente abstrata, e haverá uma escavação arqueológica para encontrar a cueca, mas esse é o horário nobre em que os laços se estabelecem. Uma manhã preguiçosa aproxima mais vocês dois do que uma dúzia de encontros noturnos. Vale a pena correr o risco.

Para garantir o cenário ideal, convide-o para a *sua* casa primeiro e garanta que ele se sinta bem recebido para ficar mais tempo. Desta maneira você não precisa fazer uma malinha e levá-la a tiracolo no cinema. Tenha apenas certeza de que ele não é um sem-teto e de que não vai trazer a mudança no dia seguinte. Se ele se toma de admiração pela sua casa e começa a redecorá-la com a mobília dele, talvez seja melhor deixá-lo do *outro* lado da porta, porque lá há mais espaço. E se ele diz que a sua é exatamente aquilo que ele procurava, ele realmente está precisando de um imóvel, não de uma relação.

Não procure assunto em revistas

Seu encontro foi esplêndido! Ele riu de todas as piadas a respeito de celebridades, ficou impressionado com o seu conhecimento dos últimos livros e cds lançados, e depois de todos os seus elogios entusiasmados, está morrendo de vontade de ver aquele filme iraniano com o gato albino e a prostituta que perdeu a memória. Você é uma espécie de gênio do Renascimento e ele está radiante de amor. Agora imagine ele chegando em casa e encontrando o *script* pormenorizado da noite numa página da *Nova*. Como aquela prostituta iraniana sem memória, ele vai ter uma vaga sensação de coito interrompido, sem que possa se lembrar, exatamente, porque se sente assim.

Se você quer um assunto interessante para uma conversa, pelo menos recorra aos jornais. É melhor parecer bem informado do que alguém que só devora e regurgita páginas coloridas. Ficar eternamente comentando o último Morumbi Fashion ou a mais recente novela da Globo, ou ainda a Ilha de Caras, vai transformar você em uma maçaroca incompreensível. Ao invés de achar você o máximo, ele vai se perguntar: "Estou saindo com uma pessoa ou uma banca de revista?" Logo ele vai ter que escolher entre ficar com você ou cancelar todas as suas assinaturas. Feche a matraca. Procure um pensamento *seu*, ou seu romance vai ter a mesma vida útil que o *Guia da Folha*.

Dê sua opinião, mas respeite a dele

Isso é um namoro ou um debate? Nunca se permita cair em uma discussão a respeito de plataformas políticas nem entre em embates verbais. Neste momento, você deveria estar procurando interesses comuns. Você pode brigar com qualquer pessoa. Ligue para a sua mãe e pergunte o que você deve fazer com a sua vida. Discutir para decidir se Barbra Streisand tem ou não direito de fazer outro filme depois de *O espelho tem duas faces* só vai gerar mágoas, e não uma aproximação. Sim, ele é um pouco mais ou um pouco menos liberal que você. E daí? Talvez você seja mais descolado, ou talvez ele deva sair um pouco do seu pedestal. Por que valorizar assuntos escolhidos a dedo que só desunem? Você terá muito tempo, depois, para convertê-lo à sua sabedoria.

Nós só crescemos em contato com novas idéias. Não há razão para ter de concordar com tudo o que ele diz; apenas deixe-o falar. E ele não vai responder "Eu gosto de você. Está livre amanhã?" depois que você disser "Como você consegue ser tão ignorante?" Um pouco de diferença e de discordância fazem bem para a alma. Talvez até fortaleçam as suas crenças. Encontrar alguém que pensa 100% igual a você seria horrível. Imagine como seria estranho ler a mente do outro e sentir que os seus pensamentos já estão *nele*. Seria uma outra consciência assombrando os seus atos.

Agora, se ele faz parte de um desses grupos de extrema direita, e mostra a você sua coleção de armas ("Não que eu atire em alguém. Só gosto de estar preparado."), ou considera que mostrar o calcanhar é pecado, talvez você prefira riscá-lo do seu caderninho. Às vezes é melhor desistir do que quebrar a cara ou algo mais.

Investigue suas relações passadas

Homens vêm completos com todos os acessórios e acompanhados de uma garantia: a história de sua vida amorosa. Antes de investir em um marido em potencial, tenha o cuidado de checar sua quilometragem. Talvez você fique surpreso ao ver que seu modelo não é zero quilômetro. Tudo bem, isso é até benéfico, porque o passado é um bom indicador do que vem por aí – especialmente para avaliar uma relação que parece promissora. Quando alguém tem no alto da cabeça uma placa com seu ponto de destino, nós deveríamos ter o cuidado de saber para onde estamos indo. Se ele já se mostrou maduro, se já se comprometeu antes, isso é um bom sinal, porque nós somos criaturas teimosas, funcionamos pelo hábito. Procure verificar os padrões dele. Suas relações terminaram amigavelmente, de comum acordo, ou o desfecho se deu sob ordens judiciais e proteção especial da polícia? Você é sua terceira ou trigésima tentativa de amor? Se por um lado gostamos de pensar no amor como um começo de algo novo que vai mudar tudo, é provável que um reincidente volte a reincidir.

Desenterrar o passado exige mais do que simplesmente pedir uma sinopse de cada nome do caderninho de endereços, ou inquirir a vizinhança. Exige ouvir atentamente e catalogar os detalhes históricos. Para apressar o processo, fale um pouco do seu próprio passado e deixe que ele fale também. As pessoas apreciam a chance de falar de si próprias. Caso contrário, faça perguntas casuais e observe a resposta. Tome cuidado se ele se mostra amargo. Velhos ressentimentos vão acabar voltando e caindo em cima de você.

Ao investigar, nunca pareça muito intrometido, muito sério, nem fique comparando seus atos. Você não quer que a sua presença seja uma ducha de água fria. Quer ser compreensivo, e não chato. Uma maneira de evitar esse desgaste é fazer o trabalho investigativo antes de saírem juntos. Quando gostar de alguém, pergunte aos outros a respeito dessa pessoa. Alguém poderia conhecer um amigo, ou um amigo do dentista do tio dele. Mas não fique obcecado. Se ele só gostava de loiros, e você é quase "moreno", isso não é motivo para desmarcar o encontro. Mas se ele é famoso por sair com os melhores amigos de seus namorados, ou por terminar suas relações depois de duas semanas, você pode optar por tirar o time deste campo esburacado. Uma coisa é mistério, outra é ignorância. Nunca seja o último a saber.

Perdoe pelo menos um modelito horrível

Está na hora de encontrá-lo e você está pronto para sair. Mas quando o cumprimenta na porta, fica paralisado pela feiúra do seu modelito. Não é apenas inadequado, é monstruoso, é assustador – o tipo de roupa que você ridicularizaria em qualquer outra pessoa. O que você faz? Você não quer magoá-lo, mas ao mesmo tempo está compreensivelmente pensando: "Comigo em público, não!" E a ansiedade toma conta, trazendo novas dúvidas à tona: "Talvez ele não seja quem eu estava pensando que era. Talvez eu tenha cometido um grande erro. Mas e agora, abro a porta e saio correndo?"

Relaxe. Para sermos justos, todo mundo deveria ser perdoado por pelo menos um conjuntinho horrível. Você também pode ser beneficiado por essa regra. Talvez ele tenha ficado temporariamente insensível às cores, ou talvez seu *closet* seja mal iluminado, ou talvez todas as suas roupas tenham sido compradas no Carrefour. De qualquer maneira, fique frio ou vai se tornar responsável por uma grande insegurança. A solução é, simplesmente, uma pequena mudança de planos. Em vez do bar *fashion*, bem iluminado e cheio de bibas, vá a um café esfumaçado. Completamente esfumaçado. Um filme é melhor ainda. Mesmo o pesadelo mais chamativo vai parecer aceitável quando as luzes se apagarem. E, caso você se levante para comprar pipoca, a roupa fluorescente vai ser um ponto de referência para achar o caminho de volta.

É claro que o mais fácil é ficar em casa. Ele não vai reclamar se você atacá-lo com um beijo apaixonado. Apenas seja rápido, e tire sua roupa antes que ele pense que a causa dessa súbita paixão é justamente o modelito. Do contrário, você logo, logo vai vê-lo vestido do mesmo jeito. Afinal, lembre-se, você ficou atordoado quando o viu assim.

Faça amigas lésbicas

Colocado de forma simples, aumentar o seu círculo social aumenta as chances de namoro. É um grande erro ignorar a ajuda das nossas irmãs lésbicas. Não, você não terá que sair para jantar com caminhoneiras. Mas terá um selo de aprovação imparcial quando se tratar de avaliar um cara.

Lésbicas tendem a ter somente homens como seus melhores amigos. Devido a seu desinteresse sexual, elas estão imunes aos desequilibrados, aos maníacos e aos pervertidos cuja beleza nos leva a acreditar que são humanos. Você terá a garantia de encontrar uma personalidade nele, porque qualquer cara recomendado por lésbicas vai ser um bom achado. E o melhor de tudo é que elas não têm nenhum motivo para guardá-lo exclusivamente para si. É o mesmo que ir a um rodízio de carnes acompanhado de vegetarianos. Ninguém vai competir ou tentar chegar antes de você ao seu objeto de desejo.

E, um dia, quando vocês estiverem prontos para se mudar para a casa de seus sonhos, elas vão aparecer e ajudar a arrastar todos os móveis recém-comprados – se não tiverem a idéia de construí-los com as próprias mãos, como um presente de casamento.

Sexo ruim é pior que nenhum

Aqueles que andam na seca vão ingenuamente discordar, mas nada é pior do que sexo ruim. A abstinência sexual, de fato, ganha disparado de uma transa que deixa você se sentindo péssimo. Claro que "sexo ruim" não é uma crítica moral ou um julgamento ético. Não estou falando do que é certo ou errado, e sim do que você sente. O sexo traumático é aquele que gera insatisfação. Pode ser pouco envolvente, desajeitado ou totalmente unilateral, e você vai desejar que nunca tivesse acontecido, e vai fazer tudo para que nunca mais aconteça.

Mas o que determina que o sexo seja fadado ao fracasso? Se ele está gemendo e você está bocejando, isso é um sinal claro de uma transa inadequada. Talvez ele seja um amante egoísta ou pense que seu nariz é uma zona erógena. Enquanto a língua dele percorre as suas narinas, você tristemente reconhece que a atração inicial já desapareceu. Em seguida vem o pensamento trágico de que seria melhor ver o programa do Gugu do que ter um orgasmo com ele. Mas você é um cavalheiro, ou está suficientemente excitado para ir até o fim, embora continue a espiar o relógio de minuto em minuto sem acreditar que *ainda* não acabou.

Se a química sexual é tão pouco combustiva desde o início, perca as esperanças de que o tempo vá inverter tudo. A única coisa que vai ficar invertida é o seu estômago, quando seu parceiro ficar excitado. O desejo compartilhado é um *must* para o desabrochar de uma relação. Uma transa desbalanceada vai adernar, deixando um dos dois numa posição insustentável. Seja honesto ou nunca mais vai conseguir pensar em sexo de uma maneira positiva. Talvez o amante desastrado seja um bom amigo que veio na embalagem errada – era destinado a você, mas não à sua cama. Garanta que o sexo seja ótimo, e não o confunda com o sono, já que os dois podem deixá-lo semiconsciente.

Não anuncie que está caçando marido

Poucas coisas afastam tanto um pretendente quanto ser escalado para preencher uma função. A vida pode ser uma permanente seleção dos atores coadjuvantes que vão fazer parte do seu show, mas só um exibicionista gosta de estar no palco o tempo todo. Anunciar "Eu estou procurando um marido" logo depois do primeiro aperto de mão acaba com as suas chances. Ele fica se sentindo observado, pouco à vontade e crítico. Em vez de pensar "Parece que ele é um cara legal.", ele vai se perguntar "Será que eu gostaria de acordar com ele por toda a eternidade?" ou mesmo "Será que eu sou o cara certo para isso?" Enquanto você só quer que ele o convide para um café, ele vai ficar se questionando a respeito do próprio valor ou da conveniência de entrar neste barco. É um começo bem estressante. Não se espante se ele der de ombros e se afastar.

Para não cair nesta armadilha, mesmo que o seu objetivo final seja de fato uma casa no campo com dois cachorros, uma criança adotada e *ele*, não revele agora que você procura mais do que sua companhia. Do contrário, ele passa a ser menos uma pessoa do que uma posição a ser preenchida. Com o tempo, ele vai descobrir que nasceu para ser o seu parceiro, não apenas porque você planejou. Além disso, vocês ainda nem se conhecem muito bem para querer – mesmo subconscientemente – um compromisso imediato. Não deixe que o romantismo se transforme em burrice.

Nós devemos aprender a caçar marido na moita. Apresente-se como um indivíduo forte, não como um casal incompleto. Desespero só alimenta insatisfação. Se você é independente e feliz assim, os outros se sentirão atraídos por você. Você já deve ter percebido que é sempre aquele que "não olha" que reúne mais admiradores. E isso não é fazer o jogo do difícil, é simplesmente não jogar. Talvez, mais tarde, você se deixe seduzir pela idéia *dele* de uma bela existência compartilhada a dois.

Elogie seu bom gosto

Todo mundo gosta de ser lisonjeado. Como receber um *Parabéns!* no primário, isso nos faz sentir bem. Um pouco de adulação mostra a ele que você usa seu tempo para observá-lo, e que está gostando do que vê. Mas não exagere ou a pergunta dele vai ser: "Mas, afinal, o que você quer?"

Sempre ofereça um elogio sem segundas intenções. Ele não deve receber suas palavras com desconfiança. Ambos ganham com isso. E tente valorizar não só a sua boa aparência. A beleza é um ponto importante, mas insatisfatória se você se fixa nela. Estaríamos sendo insensíveis, ou pouco inspirados, nesse caso. Por exemplo, se ele tem olhos maravilhosos, provavelmente já ouviu isso milhares de vezes. "Bela bunda!" ou "Sempre preferi os loiros" não vai lhe garantir nenhum bônus. Encontre algo que seja mérito dele – seu estilo, seu humor, sua inteligência, seus muitos e bons amigos – e reconheça a sua boa aparência. Surpreenda-o com suas palavras e ele vai recompensá-lo com uma presença revigorada.

Tenha certeza de que ambos têm a mesma definição de gay

Se você pensa na *Gaiola das loucas* e ele pensa nos alpinistas do Everest, prepare-se para um tempo de incompreensão e tristeza. Um terreno comum pode ser alcançado, mas infelizmente a maioria de nós tem a tendência de achar que o outro é alienado e incompatível. Estou exagerando? Por acaso a idéia de um esportista radical ou de um aficcionado por decoração lhe parece atraente? A não ser que você esteja querendo variar um pouco, permanecer com os seus é mais fácil.

Considere os fatos. Os verdadeiros esportistas radicais não assinam revistas sobre lugares inalcançáveis de automóvel apenas para escolher o melhor tênis para uma caminhada: eles na realidade usam todas aquelas informações para saber onde passar as férias! Se um feriado no mato pode parecer bonito e exótico para você, também vai exigir uma nova mentalidade: a de abrir mão do conforto.

No caso de você imaginar que o máximo do desconforto é ficar sem hidratante ou usar aquelas amostras de xampu do motel, talvez você prefira não descer mais baixo que um hotel quatro estrelas. E se a sua idéia de comunhão com a natureza é beber água mineral, prepare-se para algo muito, muito pior. Ele vai rir quando você perguntar se a barraca é uma suíte ou exigir uma maior. Aquela cinematográfica descida das corredeiras em um bote não é a mesma coisa que tomar sol deitado numa espreguiçadeira. E enquanto fazer churrasco numa fogueira pode soar divertido num primeiro momento, bastam alguns dias preso no campo sem água encanada e comendo apenas enlatados para transformá-lo num homem ensandecido, louco por uma simples tomada elétrica.

Por outro lado, se você odeia cidades grandes, tem horror a shopping center, acredita que "divino" não passa de um simples adjetivo e não sabe diferenciar Bette Davis de Lucille Ball, descolar um namorado que ama as artes e a boa vida das metrópoles também será um erro. Quando ele pensa que vida selvagem é o mesmo que "paisagem" ou o que as fotos da *National Geographic*, vai ser difícil convertê-lo a seu ideal rústico. A não ser que ambos possuam uma casa na cidade e outra no campo, e decidam viver separados, trata-se de uma união improvável. Sempre pergunte onde ele passou as últimas férias antes de decidir se quer se tornar seu companheiro de viagem.

Seja espontâneo e faça surpresas

O tédio consegue acabar com o casal mais bem-sucedido. E isso pode acontecer de repente, sem aviso. É que o tédio tem uma natureza traiçoeira e ataca quando um dos dois não está atento, soprando-lhe no ouvido alternativas tentadoras ao *status quo*. Se você é humano, é suscetível à sua mensagem. De repente, mesmo uma boa vida a dois parece chata e cansativa. Começamos a desejar uma mudança, e erradamente achamos que ela vai acontecer com a chegada de um novo parceiro.

Combata a monotonia de frente usando a sua espontaneidade. Sacuda a rotina ou vocês dois irão deslizar em seus trilhos, até que um escorregue para fora. O hábito traz tranqüilidade mas, como em uma longa estrada, você vai preferir ver novos cenários em vez de rodar em círculos. Dê à sua relação o sentido da aventura, e deixe-o perceber que você é capaz de boas surpresas. Pedir pizza toda quinta à noite ou ver o mesmo programa de tv não é uma idéia criativa. Por que não planejar uma viagem mais longa que a ida ao supermercado? Tenha idéias de última hora, siga o impulso, e você vai ganhar alguns pontos extras. Se você detesta ópera, mas ele adora, compre duas entradas e as ofereça como um presente. Sempre haverá um intervalo em que será possível beber alguma coisa.

A questão aqui é reconhecer o quanto de prazer vocês podem dar um ao outro. E então comemore longe do sofá, mesmo que não seja muito confortável. Você não precisa ser o Joãosinho Trinta e fazer um carnaval. Lembre-se, o tédio ataca quando estamos desprevenidos, ou presunçosos. Sempre aprecie o que tem e descubra maneiras de demonstrar isso. Goste ou não, alguém está sempre anotando o placar do jogo.

12
Fazendo um balanço

Agora que você já fez o seu *test drive*, é hora de avaliar como as coisas estão indo. Você pensa nele quando ele não está perto? São bons pensamentos ou algo mais parecido com um despacho de terreiro de umbanda? Quando alguém menciona seu nome, você fica "ligado" e estranhamente tímido? Ele já se abriu o suficiente para dividir com você alguns dos fantasmas dele? Ou você tem medo de passar um fim de semana inteiro amarrado a ele, se ele marcar uma viagem?

Nesse ponto, você está começando a formar algumas idéias importantes. Ouça a sua valiosa intuição. Se você tem vontade de estrangulá-lo no primeiro encontro, não comece a procurar anéis de noivado. Ao mesmo tempo, tente não pensar demais em tudo isso – especialmente depois de dois encontros. Algumas pessoas logo se mostram naturais, enquanto outras precisam de mais tempo para se ambientar e se mostrar. Desde que ele não seja insuportável, é melhor dar a ele o benefício da dúvida antes que você estrague tudo. Se ele continua frio e distante depois de três encontros, aí sim você pode colocá-lo na geladeira.

E se ele não me ligar?

1. Depois de trocar telefones: Talvez ele tenha perdido.

2. Depois do primeiro encontro: Talvez ele esteja realmente ocupado.

3. Depois de uma transa: Talvez você deva esquecê-lo.

Ele está ocupado

Todo mundo concorda que a rejeição é uma droga. Mesmo que você reconheça que não ficou muito a fim já no início, é difícil não sentir uma dorzinha quando descobre que o sentimento é mútuo. Todos nós gostamos de acreditar que somos irresistíveis e, portanto, temos o controle da situação. Levar um fora acaba com o ego, mas pelo menos você sabe que pode seguir em frente. Não há necessidade de perder mais tempo com aquele mala-sem-alça. Para alguns coitados, porém, a situação vai ficar bem mais complicada – não vão saber exatamente o que fazer daí em diante.

O primeiro encontro, por exemplo, foi muito bom. Pelo menos, na sua opinião. Ele parecia estar se divertindo. Mas agora que você está pronto para sair de novo, ele está constantemente ocupado. O que isso significa? O que pode significar? Infelizmente, qualquer coisa, claro. Sua mente se apressa em avaliar a situação. Ele está sendo apenas delicado ao tentar cair fora, ou está realmente ocupado – e desatento? É a velha paranóia: "Será que eu não estou percebendo algum sinal?" Você começa a passar um pente fino psicológico em casa sorriso, cada brincadeira, cada beijo que ele deu. Qualquer coisa que se encaixe nos espaços vazios e seja uma explicação. E ao deixar um segundo recado, com má vontade, você jura nunca mais ligar de novo, até que ele responda.

E, finalmente, ele liga. Mas agora você está desconfiado. Será que ele só está sendo educado? Cuidado com esse orgulho instintivo de tentar livrar a cara e rapidamente descartá-lo. Apenas pergunte o que ele tem feito ultimamente. Não deixe a sua língua sugerir um questionário. Você só está testando a sinceridade dele. Isso é fundamental, porque novas relações requerem tempo e energia. Se ele tem estado continuamente "ocupado" desde o início, você tem razão para se preocupar.

Vamos percorrer as possíveis desculpas e verificar se são plausíveis ou se são uma indireta – ou direta – para você escafeder-se.

Emergência familiar

A não ser que ele pertença a uma família de pessoas saudáveis e perfeitas, uma emergência familiar pode realmente acontecer. Talvez ele até ganhe pontos extras por ser um "moço de família".

A avó morreu

Triste, mas isso pode acontecer no máximo duas vezes. Se a cada ligação um membro da família ou um animal de estimação tiver morrido, é para se preocupar. Se ele não estiver mentindo, é possível que tenha um carma terrível, e nesse caso você será o próximo da lista.

Ele foi hospitalizado

Boa desculpa, a não ser que ele não tenha curativos ou não consiga se lembrar do que aconteceu. Se ele nem se lembra da comida do hospital, pode ficar desconfiado. Certas coisas são impossíveis de esquecer.

Muito trabalho

Aceite sua palavra, mas se esse é um problema constante, fique de olho. Mesmo que seja verdade, você não quer ser forçado a manter uma relação a distância – com alguém que mora a algumas quadras de você.

Ele está sempre ocupado (sem maiores explicações)

Ele só está sendo legal, mas não está a fim. Diga a ele que você também tem estado ocupado, mas que talvez vocês se vejam "por aí" – um eufemismo para: "Tchau, bobão. Por favor, perca o meu telefone."

Já está se sentindo melhor?

Os joguinhos que jogamos
(E geralmente perdemos)

Ficar sentado no banco de reservas, ganhar pontos, perder outros, ok, tudo isso faz parte dos relacionamentos, mas um namoro não é um jogo. Não dá para apenas aprender as regras e dominá-las. No fundo, a verdadeira competição é não derrubar a si mesmo durante o embate. A vitória só vem quando ambos podem se declarar vencedores. Para alguns, isso seria o mesmo que gritar "bingo" junto com vinte outros premiados porque nossa natureza competitiva reluta em aceitar a contribuição de um co-jogador; queremos, ao contrário, vencê-lo. Pense bem nisso. Um perdedor chateado é um parceiro feliz? Então, o que você ganha? Apesar de tudo, diante de um desafio, nossa tendência é voltar aos joguinhos que aprendemos na infância. Mas o que um dia nos levou à vitória agora é um jeito garantido de nos deixar paralisados no meio do campo. Deixe esses jogos do passado no porão, que é onde devem ficar.

Amarelinha

Você sempre vai rapidinho do céu ao inferno, e vice-versa. Justo quando tudo parece ir às mil maravilhas, você impulsivamente retrocede ao quadrado número 1. Ao invés de dar um passo após o outro e seguir um caminho seguro, você entra e sai desse amor como um principiante incapaz. Você se considera romântico, mas na verdade é uma metamorfose ambulante. Ninguém quer participar de uma brincadeira tão confusa e insegura – mais propícia a causar tontura.

Banco imobiliário

O amor, para você, é uma questão de poder. Você já deu várias voltas no quarteirão, analisando as opções. Tem o dinheiro na mão e agora está pronto para comprar. Mas, na sua mente mesquinha, "ter" alguma coisa equivale a controlá-la. Infelizmente, as pessoas são menos compráveis que imóveis, e não se sentem excitadas em ser a propriedade exclusiva de alguém. Enquanto você se preocupa com o valor de mercado desses imóveis, o grande negócio da China – a felicidade – escapa da sua mão.

O jogo do milhão

Suas expectativas são impossíveis e inalcançáveis? Sim, é claro que você quer todos os pedaços do bolo hipotético, mas é bom fazer pequenas concessões à realidade. Talvez o gosto do bolo até melhore, depois de receber novos ingredientes. Todos nós temos critérios que devemos seguir para encontrar um parceiro. Isso dá para entender. Mas quando você sempre consegue dispensar alguém pelas infrações mais triviais – como um tufo de cabelo que nunca assenta, ou uma apresentação hesitante, ou cutículas mal feitas – o único que sai perdendo é você. Aprenda a distinguir problemas reais de implicâncias absurdas.

Mundo encantado de Barbie

Você percebe que o mercado de homens disponíveis está repleto de ofertas. E está pronto para embarcar nessa aventura. Mas, quando chega ao mundinho, fica atordoado com o belo cenário. É como se fosse o reino dos sonhos, todos parecem tão gostosos e desejáveis... Aí você se entrega ao primeiro sorriso insinuante. Ceder a esse sentimento pode ser tão doce quanto o amor. Mas, no final, você começa a afundar em um melado que mais parece areia movediça, e nenhum dos seus doces amiguinhos está ali para estender a mão.

Batalha naval

Por alguma razão sádica, você gosta de descobrir que seus parceiros são humanos, demasiadamente humanos. Suas relações se parecem com as relações de irmãos que competem. Você está sempre provocando, cutucando, atirando em todas as direções, ou melhor, na direção do seu parceiro. Não é maldade intencional, mas também não é um afago. E quando você encontra seu ponto fraco – alguma insegurança ou medo – você, sem descanso, o bombardeia até que ela esteja destruída – eu estou me referindo à relação.

War

Você é um amante impiedoso que adora demarcar território. O amor é uma guerra, e seu objetivo é vencer – os outros estão ali só para serem conquistados. Esqueça os aliados. A vitória será do que se mantiver de pé. E suas possessões vão se ampliando mais e mais, até que não haja lugar para retroceder. Bem, ninguém quer ser resgatado em meio aos escombros da sua agressiva campanha. Erga a bandeira da paz antes que qualquer pretendente com um pouco de amor à vida peça dispensa.

O jogo do desculpe

Sua vida é recheada de "perdão". Previsivelmente, você abre seu sorriso mais confiante e dispara: "Desculpe!" Funciona a primeira, a segunda vez, talvez a terceira. Deu o cano no namorado? Esqueceu o aniversário? Dormiu com os amigos dele e com toda a vizinhança? "Desculpe!", você diz, e continua cometendo erros sem nenhum senso de responsabilidade. Bem, desculpas ensaiadas não garantem perdão. E talvez o próximo "Desculpe!" seja dele, acompanhado de um pedido para que você desapareça.

Siga o chefe

Todos os caras que você encontra acabam pulando fora porque estão de saco cheio. Você fica chocado, porque estava disponível para tudo que ele queria. Infelizmente, nunca pensou que a iniciativa poderia partir de você mesmo. Ao invés disso, está sempre seguindo a liderança do outro, esperando para saber qual é a direção a seguir. É possível respeitar o parceiro e entregar a ele uma parcela excessiva de poder. Ao longo do tempo, isso não é respeitoso – é chato. Ninguém admira alguém que sempre precisa de permissão para agir. Mesmo aqueles caras tarados por uma coleira respeitam um certo nível de personalidade e independência.

Pôquer

Como quem aposta sempre, você acredita demais no poder do destino. Sim, o destino é um elemento intangível das novas relações. Mas ele não pode ser imediatamente compreendido. Apesar disso, a cada vez que você encontra um candidato para o futuro, rapidamente faz uma avaliação mental rápida e dá uma nota. Se ele parece bom, mas você pode imaginar algo melhor, joga-o para escanteio na esperança de receber cartas melhores na próxima rodada. Mais tarde, você não entende porque está tão cansado e amargurado depois de tantas tentativas. Se você tem bastante sorte para segurar um homem, pare e deixe que o jogo continue antes que o seu momento tenha passado.

Detetive

Verdade seja dita, você ainda não tem nenhuma pista. Em vez de selecionar cuidadosamente um cara adequado, todo mundo é suspeito, até prova em contrário. Você entra em uma boate, investiga e logo pensa: "Talvez seja aquele, na pista de dança, com a camisa aberta." Quatro passos depois, pensa: "Ou talvez seja aquele, no bar, tomando Heineken." Sua indecisão crônica impede qualquer progresso. Pare antes de pensar: "Talvez seja eu mesmo, aqui em casa, assistindo tv."

E agora?

Ok, você teve um encontro muito bem-sucedido. Que talvez já tenha até se transformado em um namoro. Mas agora que a festa da vitória já acabou, você começa a entrar em pânico – de novo. Para onde é que está indo? Quantas vezes vocês podem ver um filme e depois jantar? São os sinos da igreja que você está ouvindo, ou uma velha música surrada? Calma! Você está muitos passos à frente dos outros caras. Relaxe e aproveite essa conquista! Você sabe quem você é, sabe o que quer e parece que encontrou o cara. O principal é que está avançando, e não coçando a cabeça sem saber por que os números de telefone que arranjou nunca tocam numa residência, só no disque-pizza ou na farmácia. Tampouco está ligando para carinhas que gentilmente o lembram que vocês já ficaram juntos antes.

O próximo passo depende de você. Não há nenhuma regra dizendo que no terceiro encontro você deve propor jogar buraco, e deixar que ele ganhe. Se antes o mundo era o seu pano de fundo, agora é seu palco. Fiquem em casa. Saiam. Façam aquilo que vocês gostam de fazer. Namorar deveria ser algo divertido, despreocupado, e não uma manobra militar. É o começo, é a inovação, é a descoberta. Em seguida virá o maior passo a ser dado – até agora.

Você precisa desistir de todos os outros homens?

Um belo dia o pensamento de haver mais alguém querendo o seu homem vai parecer absurdo – até mesmo revoltante. Quem o conhece melhor? Quem gosta mais dele? E quem mais já pensou que envelhecer a seu lado não seria tão terrível assim? Todos os outros bonitões do mundo não vão desaparecer, mas vão perder muito do seu charme ao serem comparados com o seu belo e provável marido. Namorar é ótimo, excitante, mas chegará o momento em que ambos estarão diante de uma decisão. Não, não estou falando da cor do tecido do sofá ou das cortinas. Tudo isso é importantíssimo, mas estou me referindo especificamente à decisão de se tornar um casal estabelecido, maduro, um casal com C maiúsculo.

Está pronto? As questões que podem surgir são tantas que caberiam na caixa de Pandora. Passando por sogras e olhos que nunca sossegam, a próxima seção vai explorar o reino idealizado da vida doméstica.

Parte IV
COMO MANTÊ-LO EM CASA

13

Regras básicas para um bom relacionamento

Parabéns! Seu trabalho persistente funcionou. Você foi bem sucedido no jogo do amor e pode levar o grande prêmio para casa. Agora vocês são um casal. É um grande feito nestes dias de tão pouco comprometimento e apoio. Ele é o homem perfeito? Bem, não exatamente. Mas você não o trocaria pelo resto do mundo. No trabalho, a foto dele está sobre a mesa, assim como seu número de telefone é o primeiro registrado na memória do aparelho. Seus colegas vão notar algo diferente em você. "Novo corte de cabelo?" Não. "Roupa nova?" Nãnãnã! Apenas uma nova e estimulante felicidade, e alguém com quem dividi-la.

Mas, antes que você doe o seu molambento sofá para os pobres e corra às corretoras de imóveis em busca de um apartamento com três quartos imensos, devo preveni-lo de que há outros desafios à frente. Mesmo tendo encontrado a outra metade da laranja, a coisa não é tão simples quanto alugar um apartamento. Um lar gay traz seu próprio cabedal de leis e considerações. Agora é até mais importante estar bem preparado, porque os investimentos e riscos emocionais são mais altos. Você já chegou até aqui, então vamos seguir em frente para garantir o sucesso final.

Geralmente se diz brincando que as relações gays funcionam como idade de cachorro. Dizem que cada ano de vida de um cão equivale a sete anos da vida humana – o que explicaria a rápida aceleração e o prematuro fim de recentes envolvimentos no mundo gay. Sob esta luz, o típico caso de duas semanas seria equivalente a três ou quatro meses de experiência. O que é tempo suficiente para saber se alguma coisa não está funcionando, certo? Um casamento de um ano vai dar a impressão de sete. Alguns anos se assemelham à eternidade. Isso, convenientemente, faz sentido, mas eu não compro esta idéia.

Relacionamentos gays só têm uma vida útil mais curta porque nós não sabemos o que esperar, e isto nos assusta. Nada mais. Não há nada de intrinsecamente inevitável ou fadado a acontecer. O modelo hetero não se encaixa muito bem e nós temos uma real necessidade de orientação nesta era de pioneirismo gay. Porque, com menos apoio institucional, só depende de nós mesmos dirigir o relacionamento neste território inexplorado. E você está pronto para lidar com essa responsabilidade. Vamos examinar, então, em que direção a sua procura de um relacionamento está orientada, e como mantê-la no caminho mais seguro.

Para começar, aqui está a verdade mais dura de aceitar se você quer que a história dure: você é tão difícil de conviver quanto ele. Admitir isso é essencial. Todas as nossas patologias vêm à tona nos relacionamentos. No namoro, ambos tendem a ver o outro apenas pelo lado positivo. Agora, a personalidade completa de cada um – com suas pouco desejáveis esquisitices – está à mostra. É mais difícil ignorar falhas quando elas estão se fazendo notar diariamente.

A corte nunca termina de fato. É um erro achar que depois do nervosismo dos primeiros encontros nós estamos autorizados a "relaxar" emocionalmente. Esse é um deslize que faz com que você realmente dance em terreno perigoso. Depois de se tornar um casal, em muitos aspectos é até mais essencial que você corresponda a seu parceiro. Quando se está próximo, há sempre a oportunidade de a gente se tornar mais cruel. Seja cuidadoso. Os sentimentos agora estão mais vulneráveis – especialmente porque você talvez mire e acerte o ponto mais sensível dele. Quando uma discussão acontece (e isso é inevitável), é comum entrar em pânico. Mesmo assim, não precisa ficar histérico. Acredite ou não, certas discussões podem ser produtivas.

Primeiro, vamos verificar certas dicas gerais para limpar o caminho e varrer os contratempos nesse estágio definitivo. É importante aprender a enfrentá-lo sem usar golpes baixos, a manter viva a chama do sexo e também a transformar a vida doméstica em um prazer, e não num castigo. Guie-se por essas dicas como se fossem bóias de orientação na bem-sucedida construção de um lar feliz.

Só use apelidos em casa

Vamos pensar nos apelidos que os casais carinhosamente se dão da mesma forma que imaginamos nossos pais transando. Nós sabemos que o sexo acontece, até o respeitamos como uma demonstração de afeto. Mesmo assim, rezamos para nunca, sem querer, ouvir o que está acontecendo. Algumas coisas ficam melhor se mantidas na privacidade.

O que passa por "bonitinho" entre você e seu parceiro poderia se tornar nauseante para os demais. É como erguer um aviso que diz: "Nós estamos tão apaixonados que queremos esfregar isso na sua cara." Tente se tornar um exemplo a ser seguido, e não um pária do amor. Não que eu não seja romântico. Nada me deixa mais feliz do que ver dois caras enamorados. Mas se mamãe e papai fazendo ruídos os torna mais humanos, dois homens crescidos dizendo "meu ursinho, fofinho, gostosinho!" me deixa um tanto quanto enjoado.

Quitinetes não foram feitas para dois

Devido à economia da vida urbana, homens solteiros geralmente chamam a sua quitinete de "apê". Sim, estou me referindo ao que os corretores de imóveis carinhosamente apelidam de estúdio ou *loft*. Na realidade, deveria se chamar "armário com banheiro".

Apesar de tudo, o criativo espírito gay nunca vai se deixar limitar pela falta de espaço. Com bom gosto e móveis da Tok Stok (por exemplo), é possível criar aconchegantes e bem decorados palacetes de dez metros quadrados. Seus parentes nunca vão poder ficar para dormir, é claro, mas é difícil perder alguma coisa lá dentro e você pode limpar o ambiente em alguns segundos.

Mas lembre-se, uma quitinete só pode servir para você. Apenas você. Sim, eu sei que dois se assemelham muito a você, mas essa matemática não funciona aqui. Se o seu apartamento não comporta um cachorro (ou a sua coleção de sapatos), também não vai acomodar o seu belo. Não importa o quanto você ame o cara, ele geralmente vem com mais do que a escova de dentes, e seu lindo lar vai se transformar em uma pilha. Uma pilha de coisas, eu quero dizer. Das coisas dele, para ser mais claro. Coisas que você vai ter ganas de destruir e queimar, para poder chegar até o banheiro. E, inevitavelmente, você vai acabar perdendo a cabeça e o seu homem. É tiro e queda. Mantenha os ninhos de amor separados até que vocês possam comprar um castelo – ou pelo menos alugar um apartamento com mais um cômodo.

Ele tem uma diva? Aceite-a!

Eu gosto de chamar esta regra de: "Não faça chover na praia dele." Em outras palavras, se ele morre de amores pela Madonna ou pela Barbra Streisand, seja compreensivo, e nunca – eu repito, nunca – faça piadas sobre o nariz da Barbra ou os dentinhos separados da Madonna. Essa é uma maneira garantida de afugentar um possível companheiro. Assim como alguns homens heteros têm seus times de futebol guardados no fundo do coração, homens gays têm suas divas na mais alta estima.

Essa regra, às vezes, é muito difícil de seguir, especialmente quando a tal diva do momento é a Britney Spears ou a Whitney Houston. Apenas se lembre de que encontrar um marido significa aprender a conviver com suas fraquezas. Uma única exceção: se a escolhida for Mariah Carey, saia gritando pela porta de saída. Há coisas que nem o amor pode tolerar.

Apresente os parentes aos poucos

Mesmo na época de pais e irmãos com cabeças mais abertas, encontrar os "contraparentes" ainda é um tiro no escuro. De fato, nada é mais chocante do que encontrar uma família muito mais esquisita do que a sua. A boa nova é que hoje em dia muitas famílias estão realmente dispostas a conhecer o "escolhido" do filho. E eu acho isso maravilhoso, mas vá com cuidado.

Você nunca sabe o que papai e mamãe, fãs da Hebe Camargo e do Maluf, poderão dizer a respeito das relações gays. Na verdade, eles podem surpreender pela sua atitude desprendida, ou fazer você correr para uma livraria a fim de curar a ignorância deles. A visão de vocês dois juntos e felizes é, no fim das contas, a melhor lição a dar, e o jeito mais garantido de ser aprovado por eles.

Também há uma pressão inevitável na primeira apresentação. Tente facilitar para ele. Convide seus pais para jantar, apresente seu irmão supermachão ou sua irmã descolada, um de cada vez. Se você tem um irmão descolado, óbvio, comece com ele. Nunca tente matar todos os coelhos com uma cajadada só, isto é, não leve o seu amado a uma reunião familiar. Eles já forçam a barra o suficiente quando você está sozinho. E há sempre aquela tia avó desligada que, ao ver os dois de mãos dadas, diz: "Um rapaz tão bacana como você ainda não tem uma namorada?!"

Não tema outros caras bonitos

É preciso reconhecer que, quando você encontra o homem ideal, todos os outros não desaparecem. Eles podem ser temporariamente colocados em último plano, quando você está tonto de paixão, mas cedo ou tarde você vai notar os seus vizinhos. Nossa comunidade é sempre abençoada com abundante carne nova. Perceber essa realidade não equivale a estar "de olho", ou que isso seja um mau presságio. Você não é cego, e ele não é burro.

O ciúme é a grande questão para alguns casais. A solução é ser seguro e confiante a respeito da sua relação, de forma que ambos possam estar perto de outros homens sem que isto seja um problema. E aqui vai um teste útil. Sem demonstrar um tesão que qualquer pessoa poderia notar, tente apontar um cara atraente (tenha certeza de que é alguém que vocês não conhecem, em caso de dar errado) e avalie a reação dele. O que eu quero dizer é: "Ele é bonito, você não acha?", e não "Se você não estivesse aqui, eu agarraria aquele cara agora mesmo." Não crie uma competição, ou você pode terminar derrotado.

Se ele reage com bom senso e até oferece seus próprios comentários, isto é um bom sinal – tipo: "Eu estou ok, você está ok". Mas se ele faz uma cara de quem quer esganar seu coelho, ou lhe dá uma corrente com bola de ferro pelo aniversário de namoro, você terá de decidir se vale a pena viver com ele em um mundinho ainda mais restrito.

Não traia (mesmo que você tenha a oportunidade)

Monogamia – seja algo natural, ou apenas necessário – é sempre uma boa idéia. Permite que você e seu marido respirem mais tranqüilamente e parem de sofrer quando o outro não está à vista. Se ambos seguem a mesma regra, não há espaço para confusões. É um grande alívio, porque sem desconfiança ou mentiras vocês terão muito mais tempo e energia para se voltar a coisas mais produtivas – como o futuro. Você não vai se oferecer para levar a roupa dele na lavanderia só para encontrar sinais de perfumes estranhos, e ele só vai colocar uma coleira no seu pescoço se você der motivo para isso.

Todas as vezes que trair seu parceiro, você estará concordando em jogar roleta russa com seu relacionamento. Será como uma bomba-reló-

gio emocional em suas mãos. E quando, afinal, você perder (as chances estão contra você), a cena final será triste. De repente, aquele prazer momentâneo não será parâmetro para a desolação que vai causar. As tentações são inevitáveis. Não tente se enganar. Você pode cometer um erro. Talvez muitos. Mas, se você quer evitar que a sua vida se transforme em tema de música sertaneja, decida reorientar essa paixão para aquele cara que já tem seu amor. Do contrário, você vai ficar na mão. Talvez seja bom você se lembrar de porque gosta do seu namorado. O fato é que, quanto mais longa e tranqüila for a relação de vocês, mais fácil será esquecer o porquê. Afinal de contas, você já considera que ele esteja no bolso. Pois tente este exercício mental: crie um quadro com vocês dois juntos, e felizes. Agora imagine ele destruindo esse quadro. Se isso machuca, você não está pronto para magoá-lo, ou magoar a si mesmo.

Pode parecer uma blasfêmia para os românticos, mas eu acredito que cada um de nós tem mais do que um "homem da sua vida". Nós temos muitas exigências e muitos níveis de compatibilidade para que uma única pessoa englobe tudo o que admiramos e desejamos. Mas é essencial apreciar cada uma dessas qualidades no seu tempo certo. Do contrário, você está ignorando a fantástica singularidade do seu escolhido. Para ajudá-lo a resistir às tentações, pergunte a si mesmo o que está procurando naquela outra pessoa. Sexo? Variedade? Um prazer renovado? Talvez uma pequena fantasia? Ou ainda a oportunidade cruel de provocar ciúme? Sua resposta pode surpreendê-lo. A probabilidade maior é que isso tenha menos a ver com as qualidades fantásticas desse novo belo do que com algum problema em casa. Traições são uma forma de negar ou fugir de outros assuntos. Olhe para isso como um sintoma, não como o princípio do fim. E enfrente o problema real. Só aí vai ter a chance de avançar, em vez de semear ventos nas primeiras nuvens da manhã.

Você não precisa passar todos os segundos com ele

A não ser que vocês sejam irmãos siameses, é saudável passar algum tempo longe um do outro. E eu não estou falando de ir separadamente ao banheiro. É importante não se tornar um par co-dependente, que não consegue comprar uma revista ou pôr gasolina se o outro não estiver olhando. Um casal não precisa viver em simbiose. Faça um esforço para dar ao outro um pouco de espaço. Do contrário, sua presença vai deixar de ser agradável para ser previsível e sufocante. Pendurar-se nele pode significar morte por estrangulamento. Por favor, deixe-o respirar. Com o que você está preocupado? Se você virar as costas um segundo, ele não vai desaparecer. Aprenda a confiar nele. Se ele realmente escapulir na primeira chance, isso não prova que algo de mais significativo está faltando?

Todos os casais precisam de algum tempo para sentir saudade um do outro. É o tempo em que vocês vão refletir e perceber como são felizes juntos. Isso também possibilita que ambos tenham histórias para contar, sem ter de começar: "Como você já sabe..." Melhor de tudo, permite reencontros que são o afrodisíaco de todos os casais. É como sexo reconciliatório depois de uma briga, sem a desvantagem das mágoas. Mas um reencontro exige uma separação. Vocês não precisam fazer uma viagem solitária ao redor do mundo ou viver em cidades diferentes, mas deveriam ser capazes de imaginar uma tarde sem estar grudados.

Lembrem-se, vocês dois tinham uma vida antes de se encontrar. Não espere que ela termine agora. Desde que ele não vá toda noite a uma festa sem convidar você, ou que estranhos telefonem e desliguem assim que você atende, tudo bem. Ele é o seu companheiro de vida, não seu companheiro de cela. Além disso, passar todo o tempo com ele poderia fazer o feitiço virar contra o feiticeiro. A última coisa que você quer é que ele se sinta aliviado quando você não está por perto. Ninguém gosta de se sentir aprisionado. Mostre o seu amor, não sua coleira, e ele não vai se afastar demais.

Aprenda a aceitar críticas construtivas

Como princípio básico do orgulho, ninguém gosta de ter seu jeito de ser corrigido por outra pessoa. Mas antes que você dispense todas as sugestões como pura babaquice, pelo menos considere a fonte. Se é seu namorado, tente ouvir o que tem a dizer. Talvez ele realmente tenha uma observação importante a fazer.

Nossos namorados têm uma perspectiva de nós que é mais ampla e que cobre nossos pontos cegos. Ele pode notar maus hábitos como, por exemplo, o de não se fixar no interlocutor (especialmente se ele é chato), e podem nos dizer, de repente, que aqueles óculos grossos pretos deixam a gente a cara do Matinas Suzuki. Então, antes que você transforme uma sugestão útil em um ataque pessoal, pergunte a si mesmo: essa sugestão é boa para você ou é implicância dele? Ele poderia muito bem ter a melhor das intenções. Resista à tentação de se defender ou de retrucar com comentários críticos da sua própria lavra. Não é agora a hora de iniciar uma guerra de rebaixamento *versus* autopromoção. Ele é sua outra metade, não seu inimigo.

Desde que não seja um xingamento, você deveria agradecer a ele pela honestidade. Mas como perceber se ele está sendo construtivo ou apenas maldoso? Bem, se suas palavras fazem você odiar a si mesmo, ter um ataque de choro, quebrar espelhos e nunca mais sair do quarto, talvez ele devesse ter usado mais tato. Se nada do que você faz está certo de acordo com ele, isso seria causa suficiente para pensar que você é seu joão-bobo, ou seu saco de pancadas. Mas se ele é compreensivo até a hora que você decide que a cor laranja substituirá o preto nesta estação, dê crédito a ele. Do contrário você vai passar seu tempo sozinho – ou até que a próxima estação tenha chegado.

Não confunda tranqüilidade com chatice

Talvez a sua vida não seja exatamente uma grande aventura, nem seja possível transformá-la em um filme épico ou em um romance de três volumes. Mas, se você está contente, por que mudála? Talvez você não ganhe alguns milhões pelos direitos autorais, mas na vida real uma relação saudável é sempre muito procurada. Quantas vezes os seus amigos, cujas vidas são uma novela sem fim, reclamaram de insatisfação? Acredite ou não, há pessoas que têm inveja da sua estável tranqüilidade, e disso eu não tenho a menor dúvida. A vida a dois pode não servir para todo mundo, mas isso não é motivo para você não se permiti-la.

É possível e importante expandir a sua vida, sem jogar fora a atual. Primeiro, faça o esforço de não comparar a sua vida à dos outros. Há um número de possibilidades amplo demais – você só ficaria confuso, e em última análise acabaria desvalorizando o que tem. Segundo, não se esqueça de perguntar a seu parceiro como ele se sente. Você pode descobrir que tudo está indo muito bem, e parar de se preocupar. Se ele admite que algo indefinível está faltando, eu apostaria que é o desejo de imprevisibilidade. Mas, ao invés de previsivelmente terminar com ele para sair atrás de novidade, traga-a para dentro de casa. Quando foi a última vez que você abriu o seu círculo social, ou convidou pessoas para vir à sua casa? Eu estou falando de receber pessoas, não de organizar orgias ou contratar um michê. Deixar que outros entrem no seu espaço é essencial para uma relação. Se é natural para recém-casados se esconder no ninho, alguns esquecem que o mundo lá fora ainda existe com sua multiplicidade de vida e opiniões.

Abra sua vida às pessoas. Elas não vão competir pela sua atenção, vão apenas trazer um estímulo. Você precisa de energia nova e riso em sua casa. Um jantar vai ser suficiente para satisfazer a necessidade de novas companhias. E quando estiver limpando toda a bagunça, vai ficar feliz por estar mais uma vez a sós com ele. É uma questão de socializar o seu espaço. Do contrário, você e seu companheiro vão separar a vida em duas arenas distintas: o lar, e tudo o que seja novo. Existe a possibilidade de experimentar o novo, e ainda dividi-lo com seu parceiro. Lembre-se, sua relação é um prêmio. Não a confunda com uma limitação do prazer.

Não vá morar junto só para dividir o aluguel

Você o encontra. Gosta dele. Está muito satisfeito e acaba tendo uma grande idéia. Sem mesmo se perguntar "Até que ponto eu conheço esse cara?", você já começa a calcular quanto dinheiro vai economizar no aluguel se chamá-lo para dividir o apartamento. Mas antes de começar a pensar nas mil coisas que pode fazer com a "mesada" que vai receber todo mês, reconsidere. O que exatamente você está pronto para dividir, além das contas? Da mesma forma que você não transaria com um velho conhecido para não perder um amigo e uma referência, tenha cuidado para não abrir seu coração e o seu espaço rápido demais.

Dividir o mesmo apartamento e o telefone não confirma que vocês são compatíveis. Apenas significa que não há para onde fugir quando um não quer ver o outro. A longo prazo você quer ter um lar e um marido. O truque é saber qual a velocidade com que isto vai acontecer. Ao menos espere até que várias páginas de calendário tenham sido viradas – e não estou falando de seu mapa zodiacal com 365 "dias astrais". E quando estiverem prontos para co-habitar, planejem alugar ou comprar um novo espaço, juntos. É um novo começo, com comprometimento dos dois lados. De outra forma, alguém está sendo oportunista, enquanto o outro não vai deixá-lo esquecer disto.

"Mas é temporário", você diz. Sim, como o aquecimento da atmosfera terrestre e a radiação atômica. Não entre numa fria como esta, ou seu advogado vai ter de alegar "insanidade temporária" para explicar o inevitável vazamento da usina.

Aprenda a fazer boas massagens

Qualquer pessoa que domine a generosa arte da massagem vai ser sempre requisitada. Esqueça o pouco acessível coração. O amor se desprende dos ombros. Com o toque certo, você pode ter certeza de que a sua presença equivale à felicidade. Você não vai apenas ser um grande namorado, vai se tornar indispensável. Conquiste seus músculos e caia nas suas graças.

Uma massagem mal feita, porém, pode ter o efeito inverso. Se sua tentativa se parece mais com um estrangulamento, cócegas ou um tapa nas costas, deixe o trabalho para profissionais. E gaste tempo massageando-o. Mesmo um simples toque nos ombros não cabe nos trinta segundos de um comercial. É claro também que você não precisa fazer um curso de shiatsu, mas uma massagem meia-boca vai deixar seu companheiro mais irrequieto do que relaxado.

A massagem certa não é um esforço absolutamente altruísta. Você pode argumentar que essa intimidade é mais sensual que sexo.

Pense nesta cena: ele está totalmente à vontade sob suas mãos ágeis. Sua agilidade pode se tornar envolvente. E onde ela pode levar? Sem enganações, por favor! Ele vai perceber se o plano é só esfregar e amassar para depois pular em cima. Se são apenas preliminares, você perde sua vantagem e, se ele ainda estiver estressado, não vai entrar no clima. Apenas espere que ele também faça a mesma coisa por você. Do contrário, você vai se sentir um massagista mal pago, não seu namorado.

Não espere que ele mude
(Pelo menos não da noite para o dia)

No despertar da paixão nós mergulhamos de cabeça no jeito e nas manias do nosso parceiro. É uma nova e fresca presença que nos encanta e nós o amamos exatamente pelo que é – incluindo aí seus erros. E ele tem o costume de fumar charutos fedorentos ou possui um sofá de couro magenta. Mas quem é perfeito? O fato de ser estável, amoroso e mais maduro que os últimos doze caras que conheceu supera todos esses percalços. Mas, depois que o encanto inicial começa a se esgarçar e sua presença passa a ser constante, as esquisitices ficam mais difíceis de ignorar. Em algum momento você vai pensar que, apesar de ele ter vários pontos positivos, ainda precisa de uma "arte-final". E, sem dar nenhum aviso, você passa a considerar tarefa sua supervisionar essa transformação.

Tenha cuidado. Se você quer mudá-lo, tem de fazê-lo do jeito certo. É uma tarefa lenta e que exige muitos cuidados, mas é o único jeito de dar certo. Do contrário, é "ame-o ou deixe-o" – se ele lhe der a opção de ficar em volta, claro. Não pense em consertos mágicos. Ele vai resistir à mudança e repelir exigências. E se você é "do mal" – sempre fazendo observações críticas e o diminuindo –, ele vai fazer com que você pague a sua língua. Nenhum cara vai permitir que você destrua a sua identidade.

Para evitar isso, a mudança tem de ser idéia dele. Use um truque psicológico. As pessoas sempre se adaptam ao seu entorno e às respostas positivas que recebem. Ao invés de dizer "Mesmo o Raul Seixas jamais usaria uma jaqueta molambenta como esta", experimente elogiá-lo pelas roupas de que você gosta – mesmo que tenham sido compradas por você. Reforce o que cai bem. Desde que você não soe como o Dono da Verdade, ou que ele se sinta um coitado, ele vai anotar e assimilar os elogios. É claro que você também pode dizer que a lavanderia perdeu a sacola com todas aquelas belíssimas roupas, ou que alguém entrou em casa e roubou todos os cds da Whitney Houston, mas essas são opções desesperadas, que poderiam levar a uma constrangedora ida à delegacia para o registro de um B.O. Com um pouco de paciência e aplausos bem encaixados, a mudança pode ocorrer quando o seu plano estiver absolutamente oculto nas entrelinhas.

Resista a apontar seus defeitos

Se ele tem uma barriguinha, resista a cutucá-la toda hora, como se ela fosse massa de bolo – especialmente se quer vê-lo sem camisa de novo. E não tente contar quantas espinhas ele tem no rosto, nem diga "Seu lábio sofreu uma mutação", quando ele estiver com herpes. É muito fácil focar a lente das imperfeições no seu parceiro. Seja porque não temos tato, gostamos de provocar ou simplesmente porque nos sentimos superiores quando apontamos os defeitos dos outros, um surto de insegurança pode muito bem ocorrer devido às nossas "carinhosas" observações.

Pare com as críticas, ou ele vai começar a lutar para ampliar o seu "espaço individual". Mesmo que não esteja consciente disso, você tem muito poder sobre as inseguranças dele. Todo mundo tem que carregar suas cargas, por isso não jogue todas as suas nas costas dele. Seu trabalho é mostrar o quanto ele é maravilhoso, e não a que ponto ele precisa de uma arte-final. Ele não precisa de mais uma mãe. Assim, a não ser que você queira que ele comece a contar quantos fios do seu cabelo caem a cada dia, ofereça estímulos positivos, e não um duelo.

Goste dos amigos dele (mesmo que você não goste)

Da mesma forma que você não pode tirar o amarelo do verde sem transformá-lo em azul, não pense em separar um cara de seus amigos. Sim, eu sei que eles são um bando de chatos que acham que duas da manhã ainda é cedo, ou que sempre ligam para contar o que acabaram de comprar no shopping assim que a comida é posta na mesa. Mas apesar de você também ter os mesmos direitos, ceda aos amigos dele. Goste ou não, tudo vem no mesmo pacote.

Ao contrário da família, os amigos do seu parceiro foram escolhidos. São parte da identidade dele. Em vez de criar uma barreira invisível entre você e eles, use-os para descobrir o que ele valoriza nas pessoas. Afinal, ele os selecionou – como selecionou você. Você pode se surpreender. Ele tem amigos de longa data ou um bando de conhecidos ao acaso? Eles são descolados, artistas, generosos ou fúteis? De alguma forma, você deve ser parecido com eles. As pessoas não vão muito longe quando escolhem um parceiro. Se essa idéia o assusta, talvez você não tenha tido tempo de conhecê-los. Não há necessidade de transformá-los em padrinhos do seu cãozinho, mas tente pelo menos saber seus nomes. "Aqueles seus amigos malassem-alça" não é uma maneira gentil de se referir a eles, nem vai garantir aliados.

Nunca peça para ele escolher entre você e os amigos. Apesar de estar num patamar alto, você é *hors-concours*. Você, sim, é o estrangeiro invasor. E se além disso você é um tirano, os amigos dele vão deixar isso bem claro. Não subestime a influência deles. Ninguém quer ser o namorado "do mal". E se os seus amigos são muito melhores, deixe que ele decida isso por conta própria. Do contrário, prepare-se para dividir seu tempo entre gangues inimigas. Qualquer pessoa que tenha visto *Amor, sublime amor* sabe que, apesar das canções bonitas, não há perspectiva de um final feliz.

Crie rituais românticos

Rituais são a liga de todas as relações íntimas. Seja ler na cama usando o peito dele como travesseiro, pedir uma refeição para jantar a dois, sair para o café da manhã todos os fins de semana ou tomar banho juntos para economizar água... todos os rituais são importantes. Eles estabelecem a identidade de vocês como casal. E, de fato, todo o tempo usado para fazer com que ele não se sinta um inquilino na sua casa será um tempo bem gasto. Seus amigos poderão piscar quando vocês trocarem uma mensagem em código, usando referências misteriosas, mas essa é uma prerrogativa sua. Uma relação é uma sociedade entre duas pessoas

Quando a obediência aos hábitos se tornar uma rotina, arranje um bicho de estimação. Adote um projeto em comum. Por que não planejar férias paradisíacas ou redecorar um dos quartos? Desde que não seja um *charter* em promoção para a Bósnia ou a Palestina, ou uma desculpa para que ele recupere o canto "dele", vale a pena ter isso em mente. Mas os dois precisam encarar o desafio juntos. Se cada um só faz as suas coisas, logo vocês serão dois estranhos sob o mesmo teto. Aproveite o privilégio de ter alguém que conhece você muito bem e você sempre terá um ombro amigo para se apoiar.

Não faça do sexo uma arma

Lembre-se sempre que o sexo é uma dádiva, não uma mercadoria de troca. Pare de contar os seus pontos ganhos. Não é uma partida de tênis ou uma obrigação, como levar o lixo para fora. Trate o sexo com respeito e ele vai crescer. Trate-o como um esporte compe-

titivo e você pode perder um jogador. Se ele o deixou irritado, não resolva descontar a raiva não fazendo sexo. Isso só tem o efeito de transmitir a mensagem errada: eu não quero te tocar. Se você está com raiva, é lógico que não vai entrar no clima. Isso é compreensível e deve ser respeitado. Mas diga a ele diretamente qual é o problema, ou ele pode interpretar essa distância como desinteresse ou, pior, repulsa. No fim, ele vai se sentir tão feio que a próxima vez que você tiver um impulso amoroso ele vai recusar, só de vergonha.

Como regra, nunca desconte a sua raiva na cama. Há muito espaço para discutir sem que você precise levar a discussão para debaixo dos lençóis. A cama deveria ser um refúgio dos problemas do dia-a-dia. Trave suas batalhas em outro lugar, ou você vai ser forçado a sofrer aquelas noites frias, um de costas para o outro, sem poder estender a mão – no final os dois vão passar a noite sem dormir e se sentindo péssimos. Se você não quer que ele resolva dormir no chão, ou que obrigue você a pagar pelos seus favores sexuais, peça trégua quando as luzes apagarem. Deixe o calor de seus corpos tomar conta, até que os fogos de artifício estourem.

Se ele não cozinha, deve lavar a louça

Um dos melhores benefícios de uma relação sob o mesmo teto é conseguir ajuda nas tarefas domésticas. Quando o banheiro ficar *punk*, ou quando for possível deixar recados ao outro escritos na poeira, você vai precisar que ele colabore e terá talvez até negociar alguns afazeres. Mas, a não ser que ele se ofereça para pagar pelos seus serviços, garanta que ele faça a parte dele. Quando as obrigações domésticas não são divididas por igual, o resultado é que outras formas de vocês ficarem quites são encontradas. Ninguém gosta de gente folgada.

A cozinha é o grande teste de camaradagem. Como regra geral, homens se encaixam em duas categorias: os que cozinham e os que lavam. O cozinheiro tem seus truques, e gosta de fazer refeições que exigem mais do que um microondas. Dê a ele um avental e saia da sua frente. O lava-pratos estica os pés quando chega em casa, mas depois é responsável por deixar a cozinha no seu glorioso estado original. É a combinação perfeita. Se você cozinha, pode usar quantas colheres e tigelas forem necessárias para criar obras de arte culinárias. Se você lava, pelo preço de uma leve esfregação vai ter uma deliciosa refeição que até sua mãe gostaria de ter feito.

Só não seja muito crítico ao avaliar como o outro dá conta da sua tarefa. Ele não quer nem precisa do seu auxílio contínuo, portanto pare de espiar por cima do ombro dele para ver se há excesso de gordura ou sabão nos pratos. Desde que a comida seja gostosa e a cozinha esteja limpa, desapareça e deixe que ele termine o serviço sozinho – mesmo que soe como desinteresse. Lembre-se, vocês têm origem diferentes, criações diferentes. Por isso cada um tem lá a sua idéia do jeito certo de fazer as coisas. A não ser que ele queira secar os utensílios no sol de forma que a sua casa pareça uma típica "família de mudança vende tudo", ou que você precise recortar a capa de gordura para chegar até a comida, deixe-o em paz ou vocês vão começar a fazer trabalho dobrado.

É claro que, se vocês formam um infeliz par de lava-pratos, a sorte não ajudou em nada. Alternem-se para decidir quem vai levar as embalagens de pizza até a lata de lixo.

Nunca esqueça seu aniversário

Negligenciar o aniversário do namorado é como dizer que você nem se lembra do seu nome completo. É um sinal de desatenção que tem seu preço. E, pode ficar tranqüilo, ele não deixará que você se esqueça de novo. O mesmo se aplica a aniversários de namoro. Um descuido e o resultado serão olhares atravessados e funda decepção. Marque seu calendário com amarelo cheguei, antes que o azar dê as caras. É melhor perguntar de novo agora do que esquecer e enfrentar as conseqüências depois.

Esteja avisado de que no amor não há um despertador programado para datas especiais. Ele provavelmente não vai lembrá-lo da chegada do grande dia, mesmo porque isso estragaria a surpresa que você vai fazer. Bem, imagine a surpresa dele quando descobrir que você não estava preparando nada em surdina; estava era bem distraído. Para ser suave, você está em apuros.

Uma das vantagens de uma relação é que você tem certeza de que será paparicado nas suas datas especiais. Ele chega em casa tentando descobrir se você vai recebê-lo com flores ou presentes, ou fazer uma festa surpresa, quando você só está pensando: "O que vai ter para o jantar?"

Claro que todos nós, mesmo os organizados, às vezes nos esquecemos de checar a agenda. Em vez de dizer "Pensei que fosse na semana que vem" ou "Já passou mais um ano?", eu ofereço uma saída de emergência. Sempre mantenha um cartão romântico à mão. Não um cartãozinho qualquer com o seu nome assinado embaixo, mas um testemunho pessoal de que você tem sorte de estar ao lado dele. Desde que não inclua "família rica" ou "sempre muito ocupado com seu trabalho", isso deve impedi-lo de culpá-lo por essa falha. Enquanto ele lê a sua romântica nota, rapidamente acrescente: "Não consegui achar o presente ideal a tempo." Quando ele pede desculpas por ter desconfiado da sua memória e consideração, dê-lhe um abraço e peça licença para ir às compras. Gaste bastante. Pode ser que tudo isso termine como o erro mais bem-sucedido – e caro – que você já cometeu.

Não faça inimigos mortais

Todos nós conhecemos alguém de quem instintivamente fugimos quando cruza nosso caminho. Talvez ele seja um amargo ex que o obrigou a trocar as fechaduras das portas. Ou talvez um alter-ego do mal, que representa a antítese de tudo em que você acredita. Mesmo que você rejeite essa figura, não o transforme no seu carrasco favorito. Você pode morrer de vontade de declarar publicamente o seu repúdio, mas ter um inimigo mortal é uma garantia absoluta de problemas à frente.

Amigos são amigos, mas inimigos são eternos. Você pode não querer nada com ele e está fadado a encontrá-lo mais vezes que seus melhores amigos. É a lei de Murphy. E qualquer encontro ao acaso se transforma em um confronto que lhe rouba as energias. É como uma feroz briga no parquinho, só que não há adultos para apartá-la. Logo, em vez de cuidar da sua própria vida – e da sua negligenciada vida amorosa – você vai estar preocupado em defender-se, e em como acabar com ele. A energia dispensada vai deixar você um trapo. E paranóico. Amigos podem se ignorar por dias, semanas, meses – indicando apenas preguiça ou uma agenda cheia. Mas um arquiinimigo silencioso é um terrível presságio. Quando o seu namorado mandá-lo crescer e fazer as pazes, você vai achar que ele é um traidor.

E o pior é que você nunca sabe o poder de fogo e o campo de influência de um inimigo. A vida já traz desafios suficiente. Você não precisa de alguém que o difame. E o azar pode trazer a possibilidade de uma conspiração. Onde está o prazer agora? Se você não responder aos insultos, os outros vão reconhecer o babaca que ele é – sem que você também precise se tornar um.

Tenha certeza de que há espaço suficiente no armário

A não ser que você viva com o ex dele (sim, é horrível, mas acontece) ou com sua sogra, nada detona mais uma relação do que espaço insuficiente no armário. Especialmente quando você tem tanta roupa que a Campanha do Agasalho recorre a você nas situações de emergência (O noticiário da tv informa: "Eles ficaram sem casa e sem pertences pessoais, mas estão muito elegantes nos seus novos Armanis."). E era apenas o seu guarda-roupa. A não ser que seu namorado seja um monge budista, ou um nudista, pode apostar que sua butique doméstica vai se expandir ao dobro quando vocês se juntarem. Infelizmente, poucas relações incluem a oportunidade de comprar o apartamento do lado só para estocar a tralha dele.

O debate sobre quem terá o privilégio de pendurar enquanto o outro empilhará suas roupas pode virar um duro combate. Ninguém quer ver suas coisas no chão, ou na despensa dos fundos. Você vai começar a comprar caixas e armários, até que sua casa se pareça um armazém. E quando você estiver se desviando das estantes de pinho, vai começar a se ressentir da invasão. E se não gostar das roupas dele, vai estabelecer a inevitável conexão entre ele e as roupas. Logo vai esquecer as lindas coisas que a presença dele traz a você. Ao invés de ver amor, você vai ver a pilha de cuecas dobradas na mesa da cozinha. E uma vozinha vai soprar no seu ouvido: "Se ele for embora, pense nas possibilidades. Espaço para todos os pares de meias!" Não deixe isso acontecer. Todas as uniões incluem controvérsias e compromissos. Pense na sua casa como um jardim. Para ajudá-lo a crescer, aprenda a arte da poda. Agora é a grande oportunidade de arrancar as ervas daninhas do seu armário – especialmente os cantos em que você guardou resquícios da época do cursinho, e uma pilha de camisas que deveria ter sido mandada para o tintureiro dois anos atrás – e decida o que você vai vestir de novo e o que pode ser descartado por estar pequeno, fora de moda ou ser um grande erro do passado. A regra é: se você não usou nos dois últimos anos, não vai sentir falta. Não seja sentimental. Sua avó provavelmente esqueceu aquela malha do Snoopy que ela tricotou há doze anos. Não precisa deixar a história da sua vida pendurada num cabide. Há muita coisa que pode ser esquecida.

Junte as peças e venda tudo ou, melhor ainda, doe para institutos de caridade. Alguém vai ficar grato por possuí-lo – mesmo que seja de algumas estações atrás.

O sexo não é uma coisa do outro mundo
(E é aí que mora o problema!)

Se você viver apenas noites de deleite interminável, talvez algumas vezes se veja rebaixado a um colchonete no chão. Seja por sua causa, por causa dele, ou de ambos, todos os casais experimentam surtos de não-sexo. Sexo excitante se torna gradualmente uma lembrança nostálgica. Enquanto o seu parceiro se torna mais e mais fraterno, os outros em volta parecem cada vez mais carregados de intensa e perturbadora energia sexual. Antes que você encaixote as suas memórias ou faça coisa mais tolas, vamos examinar a questão para saber como ela surgiu e se é realmente irreparável.

Sexo é uma coisa importante, mas potencialmente desgastante. E sua importância aumenta de modo drástico justo quando ele vive momentos de negligência. Se for bem mantido, é a ponte dourada entre parceiros. Mas o sexo também pode ser o pomo de dis-

córdia que vai destruir uma relação que já foi boa. E por quê? O magnetismo inicial não deveria continuar, ou até crescer com o tempo? Sim, mas sua forma varia das inebriantes alturas estratosféricas até algo mais profundo, só que nem sempre equivalente. É o tempo correndo e trazendo modificações. A corte já ficou para trás. Antes vocês antecipavam o *frisson* do encontro amoroso sempre que saíam juntos, mas se agora acontecesse o mesmo vocês não sairiam da cama. Se você vê alguém todo o tempo, você o ama mais, mas ironicamente o vê menos vezes pelado.

Um bloqueio nas relações de casal é que as pessoas têm diferentes apetites sexuais. Como o velho *cooper*, há pessoas que acham saudável fazê-lo todo dia, enquanto outras só ficam estimuladas com a chegada da São Silvestre. É uma ocasião festiva, há queima de fogos, mas só ocorre uma vez por ano. Infelizmente, é difícil prever essas necessidades com antecedência. Especialmente porque todo mundo gosta de usar um brinquedo novo até que ele se desgaste.

Depois, a história muda. Mas, a partir do momento em que vocês estão bem, a verdadeira natureza de cada um vem à tona. Surpresas acontecem. Você pode ficar chocado por dividir a cama com um puritano afetado, ou com uma máquina que produz hormônios em fúria. Mesmo que não chegue aos extremos, seu parceiro é uma outra pessoa, com seus próprios altos e baixos. Entender o temperamento do outro vai ajudar você a perceber e prevenir maiores frustrações.

Os problemas sexuais dos casais são basicamente dois: querer mais ou ficar insatisfeito com o que se tem. Aprenda a ler os sinais e a encontrar soluções conciliatórias para cada caso.

Quando seu namorado começa a trepar na mobília, e a carregá-la de cá para lá, fazendo pequenos shows, pode estar enviando a você um sinal de desespero. Se ele começa a andar pelado para lá e para cá mais do que o usual, ou com uma toalha que nunca fica presa na cintura, ele está tentando dizer que precisa de algo (dica: não é um roupão de banho). Antes que a coisa fique séria a ponto de um seriado como *As panteras* deixá-lo excitado, tenha piedade e ofereça-lhe um pouco de cuidado amoroso. Do contrário, ele vai procurar alívio em outro lugar. Ele está tentando ser um cara legal com todas as suas forças, mas é apenas humano.

Falta de sexo é sintoma de insegurança ou tédio. Faça questão de mostrar a ele que o acha super *sexy*. Afeição e amor não deveriam ser exclusivamente associados ao sexo, ou ele vai se sentir coagido. Se você não está a fim, tranqüilize-o de que não é por causa dele – e resista à tentação de ligar o piloto automático na cama. É muito fácil se tornar preguiçoso ou egoísta quando você está à vontade. Lembrese, é um privilégio ter, não só intimidade, mas familiaridade com o corpo de alguém. Aproveite a oportunidade para saber como seu corpo responde aos estímulos. Fazer amor com ele vai se tornar uma forma de arte a ser aperfeiçoada cada vez mais.

Para combater o tédio, use variedade. Se na cozinha você sempre faz o mesmo prato, ainda que seja delicioso, vai perder o atrativo. Quando vocês já nem sentem o gosto do sorvete de baunilha, é hora de colocar tempero no repertório. Tente fazer amor com ele inesperadamente. Não fique pelado, diante da televisão, quando o programa que ele mais gosta vai começar, nem arranque a pasta das suas mãos quando ele acaba de chegar em casa, exausto. O sexo não deve ser uma tarefa nem uma distração. E deixe a preocupação com o sexo marital, rotineiro, de lado. Veja as coisas de outro ângulo, e você vai ressuscitar os mortos. Seduza-o no carpete, na garagem ou na pia da cozinha. Se é a sua casa, e não é pecado, por que não? O jogo é fazer com que seja divertido e diferente. Se você quer viver uma fantasia, um personagem ou falar palavrões (sem rir ao pensar que é o Dunga no comando da seleção), vá em frente! Logo, logo vocês vão estar com a energia de recém-casados.

Se você precisa de mais conselhos ao enfrentar esses problemas, fale com seus amigos, mas não com sua mãe. Ela realmente não precisa saber tudo. Na cabeça dela, você ainda é o menininho vestido de marinheiro e cachinhos longos. Ela quer ver você feliz, e não saber que você precisa de mais sexo e está flertando com o carteiro. Além disso, ela poderia começar a se abrir a respeito dos infortúnios dela... Certas coisas deveriam ser ignoradas entre mãe e filho.

14
Mantenha a saúde do casal

Negocie tréguas sem precisar chamar a ONU

Tenho certeza de que alguns de vocês estão pensando: "Mas nós nunca brigamos!" Bem, a não ser que vocês tenham um caso virtual, ou que um seja o capacho do outro, podem ter a certeza de que o futuro lhes reserva sérios desentendimentos. Seja decidindo

onde passar os feriados, cobrando tarefas do outro ou discutindo se fórmica é ou não é o melhor material, todo casal enfrenta divergências de opinião. A boa notícia é que os bons combates são normais e até saudáveis para manter uma relação. Contudo, nós sempre fugimos da idéia de que haverá uma briga. Uma voz que se eleva, uma porta que bate e pensamos: "O jogo terminou. Talvez da próxima vez eu tenha mais sorte." Não tire suas cartas da mesa ainda. A pior coisa que pode fazer é confundir a primeira briga real com o último prego do caixão.

O bom combate ocorre quando nós lutamos para nos comunicar, não para vencer. Se há um óbvio vencedor e, mais importante, um perdedor, você não está lutando da forma justa. O combate deve empurrá-los na direção de mudanças positivas, e possíveis. Críticas à toa não inspiram nada além de ressentimento e vingança. E discutir sem parar produz apenas dois perdedores. Nós inconscientemente fazemos isso para nos sentir melhor, mas essa arma é um bumerangue. Reclamar, resmungar – que é uma forma unilateral de discutir – é o mesmo que cutucar a ferida. Assim ela não sara, e o sangue volta a correr.

Para ajudar, se você percebe uma explosão iminente, aqui vão algumas maneiras de impedir que a ventania se transforme em tempestade.

Sempre mantenha a discussão no seu contexto

Se ele deixou migalhas espalhadas na mesa da cozinha e você encontra uma formiga fazendo ali seu almoço no dia seguinte, não reaja como se todo o formigueiro tivesse vindo à tona e roubado sua tv. O incidente também nada tem a ver com o cheiro da roupa que ele joga no banheiro, ou com seu terrível gosto para filmes.

Dê a si mesmo um tempo para esfriar a cabeça

É surpreendente o que uma nova perspectiva pode fazer. Muitas brigas são irrelevantes ou até constrangedoras na manhã seguinte. Mas a mágoa fica. Quando você estiver a ponto de mostrar os sinais de pasta de dente na pia e então fazer um discurso sobre sua falta de higiene, pare e pense bem sobre isso. Nem tudo deveria ser motivo para uma guerra.

Agradeçam um ao outro pelas pequenas coisas

Elas realmente contam e somam. Se respeito e gratidão são a norma, todas as disputas justas vão parecer bem menos problemáticas.

Nunca briguem em público ou na frente de amigos

Brigas assumem outra dimensão quando se somam à humilhação pública. Quando há esse risco, a tendência é tentar "não fazer prisioneiros", quer dizer, cruelmente pensamos apenas em destruir o inimigo. Para evitar digressões, ninguém deve ter cadeiras na frente do seu ringue particular.

Mantenha o senso de humor

Uma piada bem encaixada não vai impedir uma briga, mas nós sempre deveríamos saber rir de nós mesmos. Talvez isso nos faça perceber o quanto a situação é patética, antes que ela se torne trágica.

Faça sempre as pazes

Além de melhorar a comunicação entre os dois, fazer as pazes é a melhor razão para, de vez em quando, travar uma pequena briga. Nós todos ficamos alterados e hiperexcitados ao discutir. De que outra forma poderia ser usada essa energia?

Férias

Para prevenir um desagradável homicídio, é bastante recomendável sair da cidade e espairecer pelo menos duas vezes por ano. Aproveite ao máximo a quebra da rotina. Dias de férias não são simplesmente uma oportunidade para dormir até tarde, terminar uma tarefa ou finalmente pintar o quarto de visitas. É justamente por isso que seus dias são cansativos e sua voz desaparece. Férias deveriam ser um tempo gasto longe do seu lar, doce lar.

A questão é: vocês deveriam passar suas férias como um casal ou ir sozinho é uma alternativa válida? A idéia de uma viagem solitária é um insulto pessoal ou sinal de problemas não resolvidos? Sim e/ou não. Depende da dinâmica do casal. Seria essa separação uma mera necessidade de espaço individual ou uma escapada para uma vida alternativa (leia-se: "vida de solteiro")? Pense na sua verdadeira motivação. Admitindo que os dois possam tirar férias ao mesmo tempo, é preciso concordar para onde ir e qual o itinerário. E é aqui que a idéia de uma fuga romântica é colocada à prova. Talvez ele pense em ir para as montanhas, alugar uma cabana e catalogar as espécies de pássaros que não param de guinchar na varanda. Sua idéia de C&C é conforto e comércio em um balneário turístico. Ele quer cabana-cacareco, você quer café completo. Tudo bem. Não é muito improvável que pessoas perfeitas para o amor e a convivência tenham idéias incompatíveis a respeito desses recessos. Mas não confunda diferenças com um problema maior.

O ideal que é os dois cenários sejam tentados. Vocês podem se revezar para escolher o seu destino ou achar uma alternativa que agrade aos dois lados. Mas é importante que ambos participem do planejamento da viagem. Se é uma aventura cujos riscos foram divididos, é menos provável que um dos dois se sinta arrastado sem querer. Tente manter uma atitude destemida e saiba absorver os inevitáveis incidentes. Um parceiro zangado pode estragar uma viagem. Vocês nunca querem que um dos dois fique fazendo bico, tenha ataques de mau humor num carro alugado ou prefira não sair do quarto climatizado para dormir o dia todo. Você pode cochilar ou brigar em casa, que sai muito mais barato. Não seja criança. A liberdade desses dias longe do trabalho serve para se divertir, não para se estressar. Depois, você vai se arrepender do desentendimento e, pior de tudo, vai se arriscar a trazê-lo na bagagem de volta para casa. Nunca leve mágoas como suvenir de viagem.

A família dele

Ao encontrar um parceiro, uma das coisas que vêm incluídas no pacote é a família dele. Seja uma ligação telefônica, uma carta esporádica, não há como esquecer que ele também tem uma história familiar. Aprenda a conviver e até a fazer a sua parte para fortalecer os laços entre vocês todos, e sua relação vai agradecer. Se o amor deve alguma coisa aos familiares, você terá dez vezes mais chances em fazê-lo durar. Por quê, você pergunta? Bem, qualquer um está muito menos propício a desmanchar com alguém – especialmente se não há motivo – quando se vê obrigado a dar explicações para um casal de pais magoados. De repente o caso extraconjugal ou o apelo "Eu preciso de espaço!" parecem extremados e vazios, como de fato são.

"Mas todos os meus amigos me apoiam", você diz. "Não é suficiente?" Não, não é. Seus amigos podem compreendê-lo, saber ouvir suas queixas, mas eles vão inconscientemente deixar que vocês acabem como casal quando houver alguma coisa mais grave. Não é uma questão de má fé. Eles só estão reagindo ao que conhecem – e poucos conhecem exemplos duradouros. Por suas próprias razões, eles vão recebê-lo muito bem de volta à vida de solteiro – mesmo que prematuramente.

Os familiares têm outra perspectiva. Depois que se acostumam com o fato de o filho ser gay, se ele estiver feliz com você, vão querer que a relação dure. Os pais nunca dizem: "É claro que você fez bem em dar suas escapadas" ou "Todos os homens são animais. A monogamia não é uma coisa natural." Às vezes, aquelas expectativas mais tradicionais podem nos fazer superar os trechos mais acidentados do percurso. É claro que os pais também podem admitir o divórcio, mas é visto como um último recurso, não como uma coisa inevitável.

Mas antes que você pegue o telefone para falar com sua nova família, lembre-se de que nem todos são semelhantes. Mesmo que você esteja pronto para receber esse apoio, eles não vão estar sempre na mesma sintonia. Suas reações podem ser encaixadas em três categorias:

Braços abertos

Esses orgulhosos e assumidos pais já deixaram para trás qualquer "questão" que possam ter tido quanto ao fato de seu filho ser gay. Agora eles estão ansiosos para encontrar e aceitar você na família como o escolhido do seu filho. É estranhamente maravilhoso ouvi-los apresentando-o como algo mais que o companheiro de brincadeiras, ou o bom amigo. Não é mais preciso procurar eufemismos ou um quarto extra. E o melhor de tudo é que você é julgado pelo que você é, não só por ser o cara que gosta do filho deles. Por isso, trate-os com carinho. São raros, mas estão aumentando.

Abraço morno

Se você estivesse cortejando a filha ao invés do filho, eles o adorariam. Esse encontro é afável, bem intencionado, mas passa longe de tudo que pode ser considerado gay. Para lhes dar crédito, eles estão tentando se relacionar, você sabe, com homossexuais. Não esquente porque eles só conheceram um durante toda a vida. A apresentação é constrangida, mas com o tempo eles se tornam mais calorosos. No começo, você é apenas um cara legal que está de passagem – como um colega da faculdade convidado para uma festa –, mas logo começam a perceber que a sua presença será mais constante. Seja paciente com esses pais. Às vezes eles dizem coisas cretinas sem intenção. Se você se mostrar o exemplo forte que eles têm necessidade de ver, um dia vai estar dentro desse estreito círculo familiar.

Aperto de mão gelado

Se você já não conhecesse e gostasse do filho deles, pensaria que esse casal frio só conseguiria dar à luz pequenos monstros. Não importa há quantos anos você faz parte da vida dele, eles se recusam a reconhecer sua existência. O melhor que pode acontecer é você ser um "amigo". O pior é ser ignorado. Atender um telefonema deles é como receber uma batata quente nas mãos. Tente não detestá-los porque já é complicado o suficiente para o seu namorado – especialmente se os seus velhos estão quilômetros e quilômetros à frente. A era das luzes um dia vai chegar até eles, por falta de opção. Enquanto isso, esteja ainda mais presente. Crie sua própria família enquanto espera que a dele amoleça.

Lindos sonhos ou pesadelos?
(Seu subconsciente pode estar tentando dizer algo)

Quando o seu companheiro é o convidado especial dos seus sonhos, preste muita atenção. Às vezes nós internalizamos uma ansiedade tão profunda que seu único escape é o subconsciente. Aprender a ler os sinais noturnos pode trazer *insights* valiosos. Com prática você poderá controlar uma insegurança progressiva antes que ela se torne um problema consciente.

A dificuldade é decifrar a natureza bizarra dos sonhos. Muito poucas vezes eles vão oferecer uma explicação literal – o que é bom, pois do contrário indicariam simplesmente que você é louco ou perigoso. Portanto, para prevenir reações extremas, reuni alguns cenários possíveis e uma possível interpretação.

Questão de espaço

Não, não estou falando de fantasias em *Guerra das estrelas*, nas quais você ficaria com o Han Solo (ou o Chewbacca, se gosta de ursos). Estou me referindo a sonhos que envolvem claustrofobia ou uma distância inalcançável. Seu namorado está ali, mas ou você não consegue alcançá-lo ou ele está tão perto que você não consegue respirar. Talvez você o esteja perseguindo, ou vice-versa. Independentemente dos detalhes, é uma maneira de julgar qual é o nível de intensidade que você quer ter com seu parceiro. Talvez, secretamente, você deseje mais desse relacionamento, ou talvez sinta que ele está limitando seu espaço.

Celebridades

Digamos que você intuitivamente sabe que está com seu namorado, mas ele é exatamente igual ao Keanu Reeves em *Velocidade máxima*. Ou talvez seja o Keanu, e você não está nem aí para o seu namorado. Problemas à frente? Não, todos nós temos uma queda por gente famosa. Quando o seu companheiro evolui até o ponto de se transformar em um galã, ou é substituído por um, isto é apenas um escapismo saudável. Estrelas têm mais a ver com fantasias do que com gente real. Mas se você conhece o Keanu pessoalmente ou está sonhando com o Sinhozinho Malta, essa é uma história diferente, e muito mais preocupante.

Traição

Casos extraconjugais imaginários são completamente normais e inofensivos, a não ser que ocorram toda noite. Quem é o parceiro? Pode ser algo totalmente simbólico da procura de outras qualidades, por exemplo, e não de estar à procura de uma outra pessoa. Se, em vez disso, você está sempre visualizando a traição do seu namorado, tente se lembrar da sua reação. Pode significar que você tem medo de perdê-lo, ou que está se sentindo indiferente ao que pode acontecer a ele. Talvez tenha alguma coisa a ver com aquela estranha mancha que você achou no edredon depois de ter voltado da sua viagem de negócios.

Interferência familiar

Quando sua mãe aparece continuamente nos seus sonhos, apesar de você não ter falado com ela nas últimas semanas, é provavelmente mais do que uma sensação de culpa. A aparição de um dos pais é um aviso de uma decisão muito importante que você vai enfrentar. Você os tem a seu lado ou contra você? Poderia ser culpa; poderia ser um conselho. Você aparece como criança ou adulto? Talvez seja a questão do poder, ou apenas o fato de que a sua sogra é uma megera superprotetora. Quando seu subconsciente quer que o bicho-papão a devore, você não precisa me perguntar o que isso significa.

Tendências homicidas

Uma vez ou outra, todos nós já fizemos estragos inomináveis em nossos sonhos. Esses pensamentos violentos têm mais a ver com frustração ou uma necessidade de controle do que com uma personalidade psicótica. Na vida real nós estamos condicionados a reprimir nossa raiva. Quando seu namorado é irritante, você pode optar por ignorar o fato, mas o subconsciente sempre grava a mensagem. Durante o sono, esses pensamentos são despejados no seu parquinho de diversões, e às vezes adquirem formas agressivas. De certa maneira, você está matando a negatividade de uma forma que ninguém sai machucado. Desde que você, enquanto está acórdado, não ouça vozes dizendo "Ele merece! Vamos, enquanto ninguém está olhando!", a sua sanidade mental não está em questão.

Fantasias heterossexuais

Para um cara gay, você anda dormindo com mulheres demais. O mergulho ocasional no outro lado da piscina é um pensamento bastante comum. O mesmo acontece com heteros, quando têm uma fantasia homo e entram em pânico: "Será que eu sou gay?" É da natureza humana se relacionar com as pessoas sexualmente – mesmo que, na vida real, você nem pense em tocar aquela mocinha. Se você não pudesse experimentar coisas novas nos seus sonhos, onde poderia? Ela está sob a luz dos holofotes? Porque se você está fantasiando um casinho com a Madonna ou a Sharon Stone, ou qualquer outra diva, é apenas uma forma extrema de adoração. Que diabo, isso tem

Como agarrar um marido

muito mais a ver com uma festa para a qual você nunca seria convidado do que com uma orgia plausível! Apenas se preocupe se você está copulando com *top-models*. Você poderia realmente estar atraído só pelos seus corpos.

Razões para não chutá-lo quando o primeiro problema ocorrer

1. As opções de namoro disponíveis.
2. Uma cama duas vezes maior e sempre fria.
3. Jantar sempre sozinho.
4. Ter de separar o que é seu do que é dele.
5. Sofrer duplamente ao ouvir a opinião de todo mundo sobre a situação.
6. Ele conhece muitos detalhes constrangedores a seu respeito para deixá-lo ir embora assim.
7. Você o ama.

15
Felizes para sempre

Chegou a hora do último passo, e você pode dá-lo merecidamente depois de ter atravessado todas as etapas de uma relação. Agora o seu sucesso pode ser tornado oficial. E não é hora de bancar o modesto. Trabalho duro merece respeito, reconhecimento e um monte de presentes. E, ainda mais importante, dá a você e a seu marido um sentido de realização e de direção a seguir. Você não está apenas saindo com alguém, acumulando quilometragem a troco de nada. Trabalhar em direção a um futuro estimula o crescimento dos dois. Um casal sem objetivos não tem chance de firmar raízes. Uma tempestade no meio do caminho poderia levar cada um a direções diferentes.

Tornar a coisa "oficial" poderia assumir muitas formas. Enquanto casais hetero tendem a seguir o dispendioso rito do matrimônio, seu anúncio público pode sair de graça. "Fechar o negócio" poderia significar a compra de um imóvel exclusivo, trocar alianças ou preparar uma cerimônia coreografada, com todos vestidos na mesma cor. A pedida é sua. Mas não pense nem por um segundo que isso é menos real que a felicidade de qualquer outra pessoa. A homofobia está presente até no mais esclarecido dos gays. Se não fosse por outro motivo, a sua conquista seria até muito mais mais notável. Embora, nesse caso, eu também possa estar sendo tendencioso.

Alguns anos atrás você dificilmente poderia imaginar se assumindo. O futuro parecia negro, ou até vazio. Você sonhou com a possibilidade de encontrar e fugir com alguém que fosse como você mesmo. Bem, agora é sua chance de tocar os trompetes para anunciar que o sonho se tornou real. Há muitas maneiras de comemorar. Escolha uma ou todas de uma vez. A festa é sua.

Comprando o cachorro

Nem todos os casais gays compram um cachorro, mas é um hábito tão difundido quanto lésbicas possuírem uma caixa de ferramentas. Como uma criança que pára de crescer, é o meio ideal de concentrar seu amor e atenção. Mantém você entretido quando seu marido não está por perto, e atua como um elemento de união quando vocês brigam, selando a reconciliação com suas lambidas. Um lar feliz e um cachorro combinam muito bem. A não ser que um de vocês seja alérgico ou que a idéia de pêlos no sofá pareça intolerável, paparicar e cuidar de um cachorro a quatro mãos é uma idéia que merece ser investigada. Pense nos lindos acessórios que você vai poder comprar. Aquele filhotinho no meio da ninhada não vai nem desconfiar da sorte que está tendo.

Comprando o imóvel

Não importa quanto você preze o seu pequeno ninho de amor, é hora de arranjar um lugar real para morar. Para crescer, vocês precisam de espaço. Viver amontoado pode forçar a intimidade, mas também estimula a irritação.

"Sim, eu te amo, mas por favor com licença!" Uma casa precisa de cantos – ou outros quartos – em que você ou ele possa se esconder em certas ocasiões. Além de trazer um respiro, adquirir um apartamento ou casa garante a vocês projetos ilimitados. Pense nas pequenas reformas exclusivas. Só a cozinha e o banheiro vão deixar vocês ocupados até suas bodas de ouro. E o melhor de tudo é que essas marcas permanentes serão dos dois juntos.

A cerimônia oficial

Em algum momento, uma cerimônia para selar o compromisso será o rito de passagem ideal para lembrá-los do que conseguiram. Pode ser simples como um brinde no jantar ou um evento idealizado como um conto de fadas, repleto de amigos sorridentes e familiares espantados. Tanto faz, pois o sentimento é mais importante que o ritual. Por isso não há grandes recomendações, já que o noivo e o padrinho raramente fogem juntos. Apenas lembre-se de que é uma cerimônia sincera com uma festa em seguida. Leve-a a sério se você quer que os outros tenham mesma atitude. E não importa o quanto é difícil, convide a família. Você foi ao enfadonho casamento do seu primo de terceiro grau. Agora, se alguns não vierem, imagine todos os convites que você vai poder ignorar daí em diante. Essa é a sua oportunidade de mostrar sua alegria para as pessoas de quem você gosta. E também uma ótima oportunidade de ganhar aquele liqüidificador cromado que você está namorando há um tempão. É uma questão de justiça.

A lua-de-mel

Depois do último brinde com champanhe, sua boa vontade merece férias de arromba. Vá a algum lugar onde ninguém possa encontrá-los e vivam noites e dias alimentados pela presença do outro. Agora é a hora de não programar nada para fazer a não ser ficar com seu marido. O resto do mundo pode esperar. Aproveite para tirar um monte de fotografias quando vocês colocarem o pé para fora do quarto do hotel. Não sei bem a razão, mas todo mundo faz isso. Talvez seja para provar que o paraíso existe, ou para poder "viajar" de

vez em quando depois que a lua-de-mel tiver acabado. Também serve para se livrar de companhia indesejável. Basta abrir os álbuns e logo eles estão saindo.

Pensamentos finais

O amor vem sem dar aviso. Nunca predetermine um lugar ou um horário como inadequados ou constrangedores para encontrar um parceiro. Eu não procuraria por ele na fila do açougue ou nos corredores escuros de uma sauna, mas nada é inerentemente irreparável – ou impossível. Você talvez apenas queira embelezar a história quando sua mãe perguntar: "Como vocês se conheceram?"

Mantenha o senso de humor. Tudo, um dia, vai ser engraçado.

Confie nele (ou você nunca vai saber).

Nunca considere que ele já está no papo. No fundo, todos os problemas começam aí.

Ninguém é perfeito. Perdoe uma ou duas escorregadas nas regras estabelecidas, e talvez ele faça a você o mesmo favor. Disponha-se a encarar o desafio e, acima de tudo, boa sorte na sua procura.

SOBRE O AUTOR

    Patrick Price trabalha como divulgador da Ballantine Books, uma divisão da Random House. É um bem-sucedido veterano de campanha para encontrar um marido gay. Nasceu na Virgínia, graduou-se no College of William and Mary e no programa de editoração de verão da Universidade de Nova Iorque em 1993. Mora em Nova Iorque e este é seu primeiro livro.

    Interessa-se em receber comentários (em inglês) sobre como agarrar um marido ou histórias de encontros assustadores.

Seu endereço é:
Attn: Patrick Price – Author Mail
C/o St. Martin's Press Publicity
175, Fifth Avenue
New York, NY 10010-7848

Seu e-mail é:
Hsbndhnt@aol.com

FORMULÁRIO PARA CADASTRO

Para receber nosso catálogo de lançamentos em envelopes lacrados, opacos e discretos, preencha a ficha abaixo e envie para a caixa postal 12952, cep 04010-970, São Paulo-SP, ou passe-a pelo telefax (011) 5539-2801.

Nome: _____

Endereço: _____

Cidade: _____ Estado: _____

CEP: _____-_____Bairro: _____

Tels.: (___) _____ Fax: (___) _____

E-mail: _____ Profissão: _____

Você se considera: ☐ gay ☐ lésbica ☐ bissexual ☐ travesti ☐ transexual ☐ simpatizante ☐ outro/a: _____

Você gostaria que publicássemos livros sobre:
☐ Auto-ajuda   ☐ Política/direitos humanos ☐ Viagens
☐ Biografias/relatos ☐ Psicologia
☐ Literatura   ☐ Saúde
☐ Literatura erótica ☐ Religião/esoterismo
Outros:

Você já leu algum livro das Edições GLS? Qual? Quer dar a sua opinião?

Você gostaria de nos dar alguma sugestão?

Impressão e Acabamento
Com fotolitos fornecidos pelo Editor

EDITORA e GRÁFICA
VIDA & CONSCIÊNCIA

R. Santo Irineu, 170 • São Paulo • SP
℃ (11) 5549-8344 • FAX (11) 5571-9870
e-mail: gasparetto@snet.com.br
site: www.gasparetto.com.br